使い魔王子の主さま

恋と契約は突然に

秋月かなで

19697

角川ビーンズ文庫

Contents

ルクス
絶世の美貌を持つ
ヴァルトシュタイン王国
の第三王子。天才的な
魔術の才能がある。
リリーシャ
家族のために一生懸命
働く、頑張り屋の少女。
突然王子様のあるじ兼
恋人に!
illust.双葉はづき

フェリル

ルクスにつきまとう〈契約獣〉。
気さくで人懐っこいが、とらえどころがない。
正体は真紅の巨鳥。

アルフ

穏やかな物腰の美しい青年。
正体は銀の毛並みを持つ巨狼。
リリーシャの母親の〈契約獣〉だった。

使い魔王子の主《あるじ》さま

characters

本文イラスト／双葉はづき

序章　この世ならざる騎士

「……騎士《きし》？」

最初に彼を見た時、リリーシャは騎士という言葉を連想した。

艶《つや》やかな黒い髪《かみ》に、軽くうつむいた白皙《はくせき》の顔貌《がんぼう》。片膝《かたひざ》をつき跪《ひざまず》くその姿は、守るべき主《あるじ》に絶対の忠誠を捧《ささ》げる、物語に謳《うた》われる理想の騎士のようで。

この世の人間とは思えない、現実離《ばな》れした美貌を誇《ほこ》った青年だった。

(私、幻《まぼろし》でも見ているのかしら？)

信じられないのは、彼の美しさだけが理由ではない。

リリーシャが行ったのは、異界より契約獣《けいやくじゅう》——牙《きば》や翼《つばさ》を備えた異形を呼び出す召喚術《しょうかんじゅつ》だ。

「どうして人間が……？　あなた、誰《だれ》なの？」

呆然《ぼうぜん》と呟《つぶや》く。すると青年のまぶたが持ち上がり、紫水晶《アメジスト》の瞳《ひとみ》がリリーシャを射た。

鋭《するど》くも透《す》きとおった光に、全身を貫《つらぬ》くような衝撃《しょうげき》が走る。

震《ふる》えるような、恐《おそ》ろしいような、でもどうしようもなく心惹《こころひ》かれる想《おも》いを感じ。

——高鳴った鼓動《こどう》は、きっとリリーシャの運命が回りだした音だったのだ。

第一章　契約相手は麗しの

その日、給仕娘《むすめ》のリリーシャはとても忙《いそが》しかった。

「リリーシャ、ここにある皿、全部客席へ運んでおいておくれ!!」

「わかりましたっ!!」

店内の喧騒《けんそう》に負けないよう、リリーシャは大きな声で女将《おかみ》さんへと叫《さけ》び返した。

王都の片隅《かたすみ》にある食堂『踊《おど》る子羊亭《こひつじてい》』は、手頃《てごろ》な価格で味も良いと評判の人気店だ。

昼飯時には混雑を極《きわ》め、談笑《だんしょう》の声と食器の触《ふ》れ合う音が響《ひび》き騒々《そうぞう》しい。

リリーシャは客たちの邪魔《じゃま》をしないよう、器用にテーブルの間をすりぬけていった。

「お待たせいたしました！　ご注文の品、全《すべ》てお持ちしました」

「あぁ、ありがと………ってえぇっ⁉」

笑顔《えがお》で話しかけたリリーシャへ、中年の男性客が野太い叫び声をあげた。

男の視線の先にあるのは、皿、皿、皿、皿、皿………料理の載《の》った、大量の皿。

男とその同席者五人分の料理を、リリーシャがたった一人で運んできたのだった。

「お嬢《じょう》ちゃんそれ、一度にそんなに持って大丈夫《だいじょうぶ》なのかい？」

「ご心配ありがとうございます。でも、早くしないと冷めちゃいますから」

「へぇ、それはありがたいが、まだ若いだろうにすごいねぇ」

男は感心しつつ、じっとリリーシャの働く姿を観察した。

テーブルへと配膳《はいぜん》を始めたリリーシャは、清潔な印象のエプロンドレス姿だ。溌剌《はつらつ》とした表情に、まだ幼さの抜《ぬ》けきらない丸い頬《ほお》。明るい緑の瞳が若葉を思わせ、茶色の髪が後頭部で括《くく》られ揺《ゆ》れている。料理を並べる手つきは慣れたもので、素早《すばや》くもとても丁寧《ていねい》な動きだった。

「お嬢ちゃんは、ずっとここで給仕をしているのかい？」

「はい。女将さんには、昔からとても良くしてもらっていますから」

「あんたみたいな働き者がいてくれて、女将も助かるだろうな」

「私なんて、女将さんに比べたらまだまだですよ」

「いや、そんなことはないさ。よく動いて気立てもいいし、うちの馬鹿息子《ばかむすこ》の嫁《よめ》に欲しいくらいだよ」

「嫁に………？」

男の何気ない一言に、ピシリとリリーシャの笑顔が固まった。

「おや、どうしたんだい？」

「いえ、何でもありません。お料理が冷めてしまいますし、どうぞ召《め》し上がって――」

「やぁ諸君、食事中に失礼するぞ!!」

リリーシャの言葉を遮《さえぎ》るように、食堂の入り口が掛《か》け声とともに開かれた。

（うげっ、またこの人⁉）

声の主を見て、リリーシャは内心で悪態をついた。

食堂に入ってきたのは、薔薇《ばら》の花束を抱《かか》えた金髪《きんぱつ》の美しい青年だ。光沢《こうたく》のある上等な貴族服の装いと大輪の赤薔薇の組み合わせは、あきらかに王都片隅の食堂では浮《う》いていた。

食堂が場違《ばちが》いな闖入者《ちんにゅう》にざわめく中、当の青年は室内を見回している。青年はリリーシャの姿を見つけると、大股《おおまた》で歩み寄り満面の笑みを浮かべた。

「リリーシャ、今日の君も美しいね。可憐《かれん》で愛らしい君。そんな君を、僕は独占《どくせん》したい。幸せにしたい。だから、――結婚《けっこん》、してくれないかな？」

甘い囁《ささや》きと共に、花束がリリーシャへと差し出される。

求婚者を前にしたリリーシャは相手に気づかれないよう、ゴクリと生唾《なまつば》を飲み下した。

（せ、千五百……ううん、違う。この花束、軽く二千マルツはするよね……？）

リリーシャが見つめるのは青年の顔ではなく、彼が差し出した真紅《しんく》の花束だ。

紅玉《ルビー》で染め上げたような花弁と匂《にお》い立つ香《かお》りは、極めて上質な薔薇の証《あかし》である。

（も、もったいない‼　これさえあれば、私が一年間食べ歩いてもお釣《つ》りがくる‼　家の屋根も修理できるし、冬用の毛布だって買えるし、なんでもできるじゃないっ‼）

文字通り、バラ色の妄想《もうそう》を頭から振《ふ》り払《はら》いつつ、リリーシャは現実へと意識を戻《もど》した。

距離《きょり》を詰《つ》めてきた青年から素早く身を引き、お客様向けの笑みを浮かべる。

「申し訳ありませんが、私は勤務中ですので、求婚はお受けできません。お食事をする予定が無いなら、店から出て行っていただけないでしょうか？」

「給仕の仕事？　そんなもの、意味がないだろ？　この僕と結婚すれば、君に不自由はさせない。こんな薄汚《うすぎたな》い食堂で、わざわざ働く必要なんてなくなるんだよ？」

「…………」

職場への侮蔑《ぶべつ》に、こめかみがひきつりかける。

今は仕事中、仕事中。いくら腹が立っても、感情のままに反論してはダメ。

そう脳内で唱えて感情を抑《おさ》えつつ、リリーシャは笑顔で青年に応対した。

「私はこの食堂が好きだし、働くことも好きです。仕事がありますので、失礼しますね」

めげない青年にはっきりと拒絶《きょぜつ》の意を伝え、背を向ける。

「どこへいくんだい、待ちたまえ」

青年の手が伸《の》びてきたが、体を傾《かたむ》けて回避《かいひ》する。

そのまま青年を無視して歩き始めると、苛立《いらだ》った気配が背中へと迫《せま》った。

「このっ…………!!」

追ってきた青年を振り切り、厨房《ちゅうぼう》へかけこむ。勢い良く扉《とびら》を閉め、女将さんへと声をかけた。

「すみませーん!!『お客様』が来ちゃったので、私、厨房にまわりますね」

「あいよ――!! お疲《つか》れさまっ!! にしても、あいつらも懲《こ》りないねぇ。今月に入って、もう十回目くらいじゃないかい？」

「十二回目です……迷惑《めいわく》をおかけして、本当に申し訳ないです………」

正確な回数を自己申告《しんこく》し、しょんぼりとうなだれる。

とある事情を持つリリーシャは、結婚が許可される16歳となったここ三カ月ほど、多くの求婚者達に悩《なや》まされていた。彼らは皆《みな》金持ちであったり、優《すぐ》れた容姿の持ち主だったが、リリーシャの気持ちを無視し職場にまでやってきて、迷惑なことこの上なかった。

「気にすることはないさ。悪いのは勝手に押しかけてくるあいつらだし、今あんたに抜けられたら、うちは仕事が回らなくなっちゃうからねぇ。ほら、あっちに今日使う用のパイ生地《きじ》が用意してあるから、よーく生地を延ばして肉詰《にくづ》めパイを作っておくれ」

「わかりました。ありがとうございます………」

リリーシャはトボトボと女将さんのもとを離《はな》れると、パイ生地の入った器《うつわ》を手に取った。

木製のまな板を敷き、生地《し》をしっかりと握《にぎ》りこむ。

小さく息を吸い、右手を威勢《いせい》よく振りかぶった。

(滅《ほろ》べっ!! 自信過剰《かじょう》な勘違《かんちが》い男なんて、皆みんな滅んでしまええええっ!!)

心の叫びと共に、勢いよく生地を叩《たた》きつける。

衝撃《しょうげき》で薄《うす》く延びた生地を丸め、握りつぶす勢いでこねまくり、再びまな板へと叩きつける。

鬱屈《うっくつ》をぶつけ、ひたすらに無言で生地をこね続けるリリーシャの姿を、女将さんは生暖かい目で見守っていたのだった。

✦

「はぁ、料理はいいわね。スッキリした……」

料理中は求婚者に煩《わずら》わされることも無く、出来上がった料理は客の胃袋《いぶくろ》を満たす。晴れやかな気持ちで仕事を終え、軽《かろ》やかに店の扉を開く。しかし大通りへと足を踏《ふ》み出したところで、リリーシャの笑顔はたちまち消え去ることとなった。

(うわぁ……まだいるよ……)

待ち構えていた求婚者の青年に、盛大に顔をしかめる。

「お疲れ様。仕事が終わったのなら、僕に時間をくれないかな？」

「すみません。急いでいるので失礼しますね」

「なんだい君、つれないなぁ。さっきはあれほど笑いかけてくれたじゃないか」

「あの時は仕事中でしたから」

「今は違うだろう？　それなら、僕を断る理由はないだろ？」

ああ言えばこう言う。

へらへらと笑う青年にため息をつくと、刻みつけるように言葉を放つ。

「何度も言ってるけど、あなたに対する好意は全く無いし、求婚を受け入れる気も無いわ。勘違いでこれ以上つきまとうなら、不審者《ふしん》として守備兵に相談するわよ?」

「……なんだと? この僕が、わざわざ足を運んでやってるのに、それを、迷惑だと…………?」

青年の低く険を孕《はら》んだ声に道行く人が足を止め、遠巻きに様子をうかがいはじめる。

青年は周囲の変化に気づかないまま、リリーシャの肩《かた》を荒々《あらあら》しくつかみがなり立てた。

「優《やさ》しくしてやれば思い上がりやがって!! おまえのような貧乏《びんぼう》人に、この僕が求婚してやってるんだぞ!?」

「あなたがどれだけお金持ちでも関係ないわ。仕事の邪魔《じゃま》だし、私はあなたが嫌《きら》いよ」

「このっ……!! 馬鹿《ばか》にしやがって……!!」

青年の頬が紅潮し、右手が拳《こぶし》の形へと握りこまれる。

(殴《なぐ》られるっ!!)

奥歯を噛《か》みしめ、身構える。

痛いのも殴られるのも嫌《いや》だが、ここは人通りの多い大通りだ。青年がリリーシャを殴れば、たくさんの目撃者《もくげき》がでる。青年がいくら金持ちとはいえ、全《すべ》てをもみ消すことはできないはず。

これ以上青年がリリーシャに付きまとうことも、女将《おかみ》さんに迷惑をかけることも無くなる。

覚悟《かくご》を決め、拳を振り上げた青年を睨《にら》みつける。

しかし予期していた痛みは訪《おとず》れず、かわりに青年が濁《にご》った叫《さけ》び声をあげた。

「ぎゃっ⁉」

青年の肩の上で、青白い火花が踊《おど》っていた。

慌《あわ》てふためく青年の隙《すき》をつき逃《のが》れると、それを待っていたとばかりに、いくつもの火花が宙に生まれ、青年を取り囲むようにはじけ飛んだ。

「ひ、ひぃぃぃぃぃぃっ⁉」

腰《こし》を抜《ぬ》かしてへたり込んだ青年の上へと、長身の影《かげ》がおちかかった。

「――汚《きたな》い手で、リリーシャに触《さわ》らないでもらえますか？」

深く凍《い》てつくような、温度の無い声。

声の主は銀の長髪《ちょうはつ》を揺《ゆ》らしつつ歩を進め、冷然と青年を見下ろした。

「……………アルフ‼」

リリーシャの叫び声に、銀髪の男――アルフは僅《わず》かに目元を緩《ゆる》ませた。

「遅《おく》れてすみません。どこか痛いとこや、肩以外に触られたとこは無いですか？　もしあるならその男を消し飛ばしますので、遠慮《えんりょ》せずに教えてください」

「ひ、ひぃっ⁉」

アルフの冷たい瞳《ひとみ》と、その右腕《みぎうで》に宿る火花と雷《かみなり》を見た青年は、真っ青になり震《ふる》えだした。

「お、おまえ、《契約獣《けいやくじゅう》》だな⁉　この忌《い》ま忌ましい化け物がっ‼」

「失礼ね‼　確かにアルフは契約獣だけど、私の家族で、化け物なんかじゃないわ‼」

《家族》に対する侮辱《ぶじょく》に、リリーシャが眉《まゆ》を吊《つ》り上げ反論する。しかし青年は既《すで》に逃《に》げ出しており、見る見る背中が小さくなっていった。

「もう、意気地《いくじ》無し‼　言いたいことだけ言って逃げるなんて最低よ‼」

「どうしますリリーシャ？　今なら間に合いますし、もう一発、大きい雷を食《く》らわせておきましょうか？」

アルフは微笑《ほほえ》んだまま、右腕の雷を激しくした。

人当たりが良く穏《おだ》やかな物腰《ものごし》のアルフだが、リリーシャに対しては過保護気味。彼女を害そうとする者には、実力行使も躊躇《ためら》わない苛烈《かれつ》な一面があった。

「……それはやめといて。あいつがけがしたら気分が悪いし、アルフも体が辛《つら》いでしょ」

当初のリリーシャの目論見《もくろみ》とは違《ちが》ったが、これで暫《しばら》くはあの青年がつきまとってくることもないはずだ。

――青年の言った通り、アルフは契約獣、人ならぬ存在だ。

契約獣は、契約を結んだ魔術師の魔力を受け、超常《ちょうじょう》の力を振《ふ》るうことが出来る。

アルフの正体は銀の毛並みを持つ巨狼《きょろう》であり、強力な雷を操《あやつ》る異能を有しているのだった。

「リリーシャ、君があの三下求婚者《きゅうこん》を追い払《はら》おうとしていたのはわかりますが、殴られるの

は感心しないですね。顔に傷がついたりでもしたら、私はナターシャ様に顔向けできませんよ」

アルフの長い指が、リリーシャの頰《ほお》の輪郭《りんかく》をなぞった。

ナターシャ様。そうリリーシャの母親を呼んだアルフの声には、温《ぬく》もりと愛《いと》しさと、わずかばかりの感傷が滲《にじ》んでいる。

リリーシャは平凡《へいぼん》な娘《むすめ》だが、亡《な》くなった母親は魔術師で、アルフと契約を交《か》わしていた。母親は契約獣相手にも対等に接する変わり者の魔術師で、母親の影響《えいきょう》を受けたリリーシャも、アルフのことを家族のように愛し暮らしているのだった。

「……ごめんなさい。殴られた時に体をズラして衝撃を逃がすつもりだったけど、助かったわ。あんなに強く断ったのに、まだ諦《あきら》めないなんて予想外だったから……」

いくども訪ねてくる求婚者はいたが、あそこまで強引《ごういん》なのは初めてだ。

改めて青年の態度を思い出すと、むかむかと腹が立ってしかたなかった。

「ほんっと失礼よね。あんな迫《せま》られ方したら、たとえ好みの相手でも嫌いになるにきまってるわ」

「……今日来た求婚者は、リリーシャの好みだったんですか？」

アルフの声は僅かに冷え込んでいたが、リリーシャはそれに気づかないまま首を振った。

「まさか、そんなのありえないわよ‼　あんな金目当ての人間、どれだけ口説かれようが、好きになるわけないじゃない」

リリーシャに迫る数多《あまた》の求婚者たち。彼らの目的はリリーシャではなく、強力な契約獣であるアルフにある。

アルフはリリーシャの母親亡き後、誰《だれ》とも契約を結んでいないが、それでもいくらかの火花や雷を操ることが出来る程《ほど》の、大きな潜在《せんざい》力を秘《ひ》めている。

本来、主《あるじ》を持たない契約獣は弱体化が著《いちじる》しいものだ。それゆえ契約獣は人より下の存在と考えられ、「もの」同然に扱《あつか》われることがほとんどだった。

強力な契約獣は極《きわ》めて高値で取り引きされるもの。そしてヴァルトシュタイン王国において、婚前の妻の財産は、夫のものとなることが通例だ。

リリーシャと結婚しアルフを売り払えば、それこそ今日青年が持ってきた花束とは比較《ひかく》にならないほどの、莫大《ばくだい》な金貨が転がり込んでくるのである。

（だからって、アルフはアルフよ。生活に困ってるわけでもないのに、お金のために家族を売るなんて、そんなのありえないでしょ）

契約獣のアルフは人間と同じように働くことは出来なかったが、家で写本の内職を行い、家計を支えてくれている。リリーシャの賃仕事と合わせれば、多少貧乏でも食うに困ることは無い。求婚者の件を除けば、日々の暮らしに大きな不満は無かったのだが――

（でも、もし私に魔術師の才能があれば、求婚者たちに悩《なや》まされることもないのになぁ）

魔術の才は、血筋による部分が大きい。ヴァルトシュタイン王国の貴族たちの多くは魔術師の血筋だが、平民の魔術師は数が少なかった。一人前の魔術師であれば、リリーシャのような肉親のいない小娘《こむすめ》でも舐《な》められることはない。

（アルフに苦労をかけることも無いし、女将さんに恩返しもできるのになぁ。お母さんは立派な魔術師だったのに、どうして私には才能が無いんだろう）

こっそりとため息をつき、胸元《むなもと》にさげたペンダントを握《にぎ》りしめる。丸い緑色の石を吊るしたペンダントは、六年前に亡くなった母親の形見だ。幼いころは魔術師を目指し修行《しゅぎょう》していたリリーシャだったが、一向に芽が出ず諦めるしかなかった。母親の魔術書は売り払って生活費にしてしまったため、今となっては唯一《ゆいいつ》このペンダントだけが母親を偲《しの》ぶ拠《よ》り所だった。

「リリーシャどうしたんです？　ひょっとしてどこか痛むのですか？　だったらさっきの男を追いかけて――」

「何でもないわ。それにアルフの方こそ大丈夫《だいじょうぶ》？　書き上げた写本を届ける途中《とちゅう》だったんじゃない？　私ももうすぐ次の賃仕事だし、悪いけどそろそろ行かせてもらうわね」

誤魔化すと、リリーシャはアルフへと背を向けた。

（………まぁ、才能が無いのはどうしようもないから、仕方ないわよね）

無いものねだりは時間の無駄《むだ》。悩む時間があるなら、手を動かし働いた方が百倍マシだ。

リリーシャは気分を切り替《か》えると、賃仕事の職場へと足を速めたのだったが――

「滅《ほろ》べ!!　勘違《かんちが》い男の毛根なんて滅んじゃえ!!　全部滅びてハゲになれっ!!」

木漏《こも》れ日さす森の中、リリーシャの絶叫《ぜっきょう》が木霊《こだま》する。

――賃仕事先である雑貨屋で待っていたのは、無慈悲《むじひ》な、「クビ」の二文字だった。

店番中もリリーシャにつきまとう求婚者達に、雇《やと》い主が耐《た》えかねたのだ。

「クビにしたくなるのもわかるけど、いきなり当日に解雇《かいこ》宣言は無いわよ!!　あらかじめ言っておいてくれてれば別の賃仕事を探せたのに、今月の生活費、ほんとどうしよう……」

肩《かた》を落としたリリーシャは、獣道をトボトボと進んだ。

あれから一度家に帰って蓄《たくわ》えていた硬貨《こうか》を数えたところ、残金はあまりにも心許《こころもと》なかった。

リリーシャ一人なら、多少の粗食《そしょく》は耐えられる。だがアルフは契約獣としての体質上毎日肉を食べる必要があり、どうしても食費がかさんでしまった。

空いた時間を利用し森に薬草採取に来てみたが、先行きを思うと頭が痛い。

どんよりと歩いていると、その前方で草むらが揺れ、金茶の毛玉が飛び出してきた。

「ニノ!!」

現れたのは、四本の足と大きな耳を持った小柄《こがら》な姿。アルフと同じく、リリーシャの母親と契約していた契約獣だ。姿かたちは狐《きつね》に似るが、大きさは一回り小さい。ニノはリリーシャの肩に飛び乗ると、フワフワとした二股《ふたまた》の尾《お》を振りつつ、口にくわえた薬草を揺らした。

「早かったわね、ニノ。もう薬草を見つけてくれたの？」

「ちぃ、ちぃきゅい？」

僕偉《えら》いでしょ？　とでも言いたげなニノの頭を、柔《やわ》らかく指の腹で撫《な》でてやる。

気持ちよさそうに目を細めるニノは言葉こそしゃべれないものの、知能はかなり高い。ニノがいれば、貴重な薬草を見つけることができる。陽《ひ》が傾《かたむ》く頃《ころ》には、リリーシャの抱《かか》えた籠《かご》は山盛りの薬草で満たされていたのだった。

「ふぅ、これだけ取れれば、数日分の食費にはなるかしら……ってニノ、一体どうしたの？」

ニノはリリーシャの背後を向き、じっと森の彼方《かなた》を見つめていた。

最初は、遠くの鳥か何かを見ていたのかと思ったが、それにしては様子がおかしい。

金茶の毛が逆立ち、動きを止めた大きな尾が、ぶわりとふくらみ直立する。

警戒心《けいかいしん》をむき出しにした様子のニノに、リリーシャも息を潜《ひそ》めた。

――何か。何かが、そこに、いる。

不安に襲《おそ》われたリリーシャは縋《すが》るように胸元のペンダントを握りこむと、ニノと共に森の向こうへと目を凝《こ》らした。

しばらくは何も見えなかったが、やがて枝葉の向こうに、緑とは異なる色彩《しきさい》を発見する。

（人……？　六、七、八……全部で男が十人前後、それに剣《けん》を持ってる……？）

視線の先の彼らが動くたび、光を反射する細長い物体が揺《ゆ》れた。

まだ距離《きより》があり、木の幹に隠《かく》れたリリーシャに気づいてはいないようだが、男たちはどこか殺気だった気配を振りまいている。

森には不審者《ふしん》を取り締《し》まるため、武装した警備隊の巡回《じゅんかい》があるが、男たちの服装はバラバラで、とても警備隊には見えなかった。

怪《あや》しい人間とは、関《かか》わり合いにならないのが一番だ。

男たちと行き合わないよう、慎重《しんちょう》に反対方向へと歩き出す。

しかし運悪く足元の小枝を踏《ふ》み折り、乾《かわ》いた音をたててしまった。

（しまった!!）

決して大きな音ではなかったが、殺気だった男達の注意を惹《ひ》くには十分だ。

リリーシャは素早《すばや》く身をひるがえすと、抱えていた籠を投げ捨て駆《か》けだした。

（もったいないけど仕方ない!!　さよなら私の薬草たち!!）

薬草の入った籠を泣く泣く手放し、身軽になって森を走る。

無我夢中になって逃《に》げまわっていると、ふいにニノが肩から飛び降り、前方へと勢いよく跳《ちょう》躍《やく》した。

「ぐぁっ!!」

大木の裏で待ち伏《ぶ》せていた男に、ニノの小さな体が飛びかかる。

鼻頭をかまれた男は痛みに叫《さけ》びつつ、手に持った剣をでたらめに振《ふ》り回した。

「きゃっ‼」

すぐ目の前を、勢いよく鋼の風が通り過ぎる。

プツリと何かが切れる音を聞いた気もしたが、幸い体に痛みはない。

再び走りだすも、いつしか息があがり、足がもつれ始める。

森歩きに慣れているとはいえ、リリーシャはただの少女。対して追っ手は、頑健《がんけん》な肉体を持つ男達の集団だ。

(追いかけっこを続けるのは厳しいかな……)

リリーシャはあたりを見回すと、大木の洞《ほら》へと身を滑《すべ》り込ませた。体を縮こまらせ、息を殺し、周囲の気配に耳を澄《す》ませる。

「おい、そっちにいたか⁉」

「こっちにはいないぞ、あれが獲物《えもの》で間違《まちが》いないんだな⁉」

男たちの怒鳴《どな》り声が、いくつもの方角から聞こえてきた。彼らはリリーシャを見つけるべく、手分けして森の中を探しているらしい。

「あぁ、茶色の髪《かみ》で、小型の契約獣を連れた小娘だ。間違いない。連れていけば大金が手に入るぞ」

（間違いないって、どういうこと？　あの人たち、初めから私を狙《ねら》っていたってこと……？）

つまり彼らは通りすがりの盗賊《とうぞく》でも追い剝《はぎ》でもなく、あらかじめリリーシャを狙って森へ来ていたのだ。雇い主は潤沢《じゅんたく》な資金と人材を持った、裕福《ゆうふく》な求婚者《きゅうこん》の内の誰《だれ》かだろう。

昼の青年の件があるとはいえ、まさか徒党を組んで襲ってくるとは、さすがに予想できなかった。リリーシャを探す男たちは、おのおの剣や武器を手にしている。きっと暴力を振るいリリーシャを従わせ、強引《ごういん》に婚姻《こんいん》関係を結ぶよう脅迫《きょうはく》するつもりなのだ。

向けられる生々しい悪意と暴力に触《ふ》れ、カタカタと歯が鳴る。

ここにはアルフはおらず、助けを呼ぼうにも、周囲に警備隊の気配も無い。

恐怖《きょうふ》と戦うリリーシャは、指先の震《ふる》えを抑《おさ》えようと、胸元へと手を伸《の》ばし――

――そこにあるはずの感触《かんしょく》、ペンダントが無いことに気づいた。

（え、どうして⁉　まさか、さっき男が振り回した剣がかすって――）

何かが切れるような音。あれは、ペンダントの鎖《くさり》が切れた音だったのだ。

追《つ》い詰められ、心の拠り所だったペンダントまで失い、リリーシャは一気に青ざめた。

ニノが心配そうに手のひらを舐めてくれたが、内心は爆発《ばくはつ》寸前。泣き叫《さけ》びたい思いでいっぱいだ。

（ダメ‼　今大声で泣いたら見つかっちゃう‼　どうしようどうしよう。そうだこんな時は）

「星と月輝《げっき》に夜は満ち　見晴らす君が昼に座する――」

悲鳴を口からださないよう、身になじんだ言葉を小さくそらんじ、恐怖から意識をそらす。

唇《くちびる》から紡《つむ》がれる言葉は、亡き母親から教わったおまじない――異界より契約獣を召喚《しょうかん》するための呪文《じゅもん》だ。魔術師《まじゅつし》となる第一歩は、自分と相性《あいしょう》のいい契約獣を呼び出すこと。そのためには、極度の集中が必要だ。リリーシャは結局一度も召喚に成功したことは無かったが、修《しゅ》行《ぎょう》していた時の癖《くせ》で、呪文を唱えればすっと心の水面《みなも》が凪《な》ぎ、感情を抑えることができた。

「交わる道は三叉《さんさ》　行くべき先は此方《こなた》――」

呪文を唱えるうちに頭が冷え、恐怖が薄《うす》まってくる。

リリーシャにとって呪文とはお守りのようなもの。現実を変える力など無い気休めだ。

そう、しょせん気休め、だったはずなのだが――

(……胸が、熱い……？)

――胸が、その奥の心臓が、あるいは更《さら》に芯《しん》にある魂《たましい》が、脈打つように熱を帯びる。

熱は火が回るように全身へと広がり、四肢《しし》の末端《まったん》までもを満たしていく。

初めての感覚だが、決して不快ではない。眠《ねむ》っていた意識が優《やさ》しく揺り起こされるような心《ここ》地《ち》よい高揚《こうよう》が、静かに全身へと広がっていった。

「右手に花を　左手に鎖を　唇には歌を――」

陶然《とうぜん》とした心で、呪文の言葉を紡ぎ続ける。

近づいてくる男たちの声。葉擦《はず》れを鳴らす木立。髪を揺らす風。体毛を震わせるニノ――

—それらの全《すべ》てが、今のリリーシャには遠い。

呪文が進むごとに、眼前の地面に輝《かがや》く線がうかびあがり円形の魔術陣《まじゅつじん》を描《えが》いていく。

刻まれた魔術陣の向こう側。地面ではないその先に、リリーシャは揺れ動く光を見た。

光は淡《あわ》く瞬《また》き、今にも消えてしまいそうで。そして、とても美しかった。

光が何かはわからない。だが、あんな美しいものが消えるのが間違《まち》いなことだけは分かった。

(消えちゃダメ———!!)

儚《はかな》く揺れる光へ、リリーシャは必死で語りかける。

(お願い消えないで。消えちゃ嫌《いや》。私が守ってあげるから、どうかこっちへ———!!)

「来たれ紡ぎ手　誓《ちか》いて侍《はべ》れ　汝《なんじ》の主《あるじ》を我と知れ———!!」

光に手を伸ばしたと同時、最後の句を唱え終わり、リリーシャの呪文が完成した。

魔術陣から湧《わ》き上がる光と風の奔流《ほんりゅう》に、ぎゅっと固く瞳《ひとみ》をつぶり身をかがめる。

いくつか鼓動《こどう》を数えるうち光の嵐《あらし》が収束し、後には静寂《せいじゃく》のみがとり残された。

沈黙《ちんもく》の中、恐《おそ》る恐るまぶたを開く。

まず目に入ったのは、艶《つや》やかに揺れる黒髪《くろかみ》だ。

夜闇《よやみ》を集めて溶《と》かしたような黒い髪と、その下にある白皙《はくせき》の美貌《びぼう》。

瞳の閉《と》ざされた顔に、感情の影《かげ》は見当たらない。おそらく、年齢《ねんれい》はリリーシャよりいくつか上といったところ。銀の刺繍《ししゅう》の施《ほどこ》された黒の上衣をまとった青年が片膝《かたひざ》を地面につけ、微動《びどう》だにせず座り込んでいた。

まるで跪《ひざまず》くようなその姿は――――

「騎士《きし》……………？」

呆然《ぼうぜん》と囁《ささや》くも、とても目の前の現実が信じられなかった。

リリーシャが行ったのは異界より契約獣《けいやくじゅう》――牙《きば》や翼《つばさ》を備えた異形を呼び出す召喚術だ。

「どうして人間が……？　あなた、誰《だれ》なの？」

零《こぼ》れ落ちた呟《つぶや》きに青年の瞼《まぶた》が震え、ゆっくりと開かれる。

あらわになったのは、深く鮮《あざ》やかな紫水晶《アメジスト》。

美しい瞳は魔術陣の向こうで瞬いていた光と、どこか同じ色を宿しているような気がした。

(すごく綺麗《きれい》。でもやっぱり、どう見ても人間よね)

召喚魔術で人間が現れるなど、聞いたことが無い。アルフのように人の姿をとれる契約獣もいるが、召喚の際にはそれぞれの正体、一糸まとわぬ獣《けもの》の姿で現れるはずだと聞いている。

「あなた、本当に人間なの？」

リリーシャの問いかけに反応し、青年の瞳に理性の光が灯《とも》る。

「……おまえこそ、いったい何者だ？　なんで俺は森の中にいるんだ……？」

薄く整った唇から吐《は》き出された言葉は、鋭《するど》く険を含《ふく》んでいる。

青年は紫《むらさき》の瞳を眇《すが》めリリーシャを見つめると、周囲を見渡《みわた》しながら立ち上がり、軽く裾《すそ》を払《はら》

った。

まっすぐ立つと、身長はアルフと同じくらい。男性としても長身の部類に入るだろう。

突然《とつぜん》現れた青年に驚き立ち尽《つ》くしていたリリーシャだったが、ニノの鋭い鳴き声に、はっと周囲の状況《じょうきょう》へと意識を戻《もど》す。リリーシャとニノ、そして黒髪の青年の周りを、剣《けん》を手にした男たちが取り囲んでいた。

「なんだ、さっきの光は？」

男たちの一人が青年へと剣を向け、怪訝《けげん》な表情と共に距離《きょり》を詰めていく。

「おまえ誰だ？　どっから来た？　悪いが、少し黙《だま》って、っ、うおっ⁉」

青年へと剣をつきつけた男が、叫びと共に横転する。

青年がその長い脚《あし》を動かし、素早《すばや》く足払《あしばら》いをかけたのだ。

「ふん、こちらこそ悪いな。脚が長くて困っているんだ」

のたまった青年は涼《すず》しい表情で、瞳には冷たい光が踊《おど》っている。

青年が倒《たお》れた男のみぞおちへ鋭く右足を蹴《け》り上げると、唸《うな》り声を最後に男は動きを止めた。

（こ、怖《こわ》っ‼　あれ、相当痛いわよね）

青年に助けられた形になるリリーシャだが、青年の容赦《ようしゃ》のない反撃《はんげき》を見せつけられ、思わず気絶した男へと同情してしまっていた。

仲間を倒された男達も青年の鮮やかな動きに束《つか》の間放心していたが、すぐさま殺気をみなぎらせ叫《さけ》んだ。

「……このっ!!　構わん!!　殺しちまえっ!!」

怒声《どせい》をあげて襲《おそ》いかかってきた男らを、青年はこともなげにいなしていく。

青年の手には、最初に倒した男から奪《うば》った剣が握《にぎ》られている。尋常《じんじょう》でない剣さばきだ。

眼前の戦闘《せんとう》を固唾《かたず》をのんで見守っていたリリーシャだったが、数人の男がこちらにやってくるのに気が付いた。

「うそっ!?　何でこっちにくんのよ!!」

慌《あわ》てて逃《に》げ出そうとしたが、背後は大木。すぐに追い詰められてしまう。

男らは威圧《いあつ》するように剣を見せゆっくりと近づき――

突如《とつじょ》吹《ふ》き荒《あ》れた風に吹き飛ばされ、太く頑丈《がんじょう》な幹へ強く体を叩《たた》きつけられてしまった。

「えっ!?」

「なんだとっ!?」

リリーシャと男達に驚愕《きょうがく》が走り抜《ぬ》ける中、青年の小さな呟きが聞こえた。

「吹き抜ける白　眷属《けんぞく》はこだま　枝　西風　舞《ま》い遊ぶ――」

呪文だ。

青年が唱えるのは、魔術を発動させるための詠唱《えいしょう》。

最初に男らを吹き飛ばしたのも、青年が魔術でおこした風だったのだ。

「くそっ!! おまえ、魔術師だったのかよ!?」

魔術師は契約獣を使役《しえき》せずとも超常《ちょうじょう》の力を振《ふ》るうことが出来るが、いくつか制約がある。求める力に応じた呪文を唱えねばならないし、詠唱中は高い集中力が必要だ。

(すごい!! あんなに動き回りながら術を発動できるなんてっ!!)

リリーシャとたいしてかわらない年頃《としごろ》に見えるが、凄《すさ》まじいまでの魔術の冴《さ》えだ。

青年の剣術《けんじゅつ》と魔術が猛威《もうい》を振るい、あっという間に立っているのは彼だけとなった。

見たところ大きな怪我《けが》はないが、肩口《かたぐち》の衣《ころも》が切り裂《さ》かれほつれてしまっている。

リリーシャは青年に近づくと、恐る恐る衣へと腕《うで》を伸ばした。

「あの、助けてくれてありがとうございます。服が破れてるけど大丈夫《だいじょうぶ》で――きゃっ!?」

「俺に触れるな。勝手に動くな」

リリーシャは腕を掴《つか》まれ、木の幹へ背中を押し付けられてしまった。

間近に迫《せま》った紫の瞳は、剣呑《けんのん》な光を宿して底冷えしている。

右腕《みぎうで》を掴まれたリリーシャは、青年に覆《おお》いかぶさられるようにして捕《と》らえられていた。

青年に嚙《か》みつこうとしたニノを視線で制すと、リリーシャは青年へ瞳を向けた。

「勝手に触《さわ》ろうとしてすみません。とりあえず解放してもらえませんか?」

「説明が先だ。おまえの目的と正体を教えろ」

青年の口調は高圧的だ。訳が分からないのはリリーシャも同じだが、ここは言葉を重ね、信用してもらうしかなさそうだった。

「私はリリーシャ。王都に住んでるわ。あなたも名前を教えてくれないかしら？」

「……ルクス」

「ルクス……………」

青年――あらため、ルクスの全身を観察する。

肌《はだ》や髪《かみ》に荒れは見られない。すらりとした立ち姿を引き立たせる高襟《たかえり》の上衣は上質の絹製。高慢《こうまん》ながら節々に品の良さがうかがえる振る舞いから、貴族出身なのは間違《まちが》いない。なのに家名を告げないということは、深く突《つ》っ込まない方がリリーシャのためだろう。

「……それで、おまえは俺に何をしたんだ？　俺は知り合いの家で紅茶をのんでいたはずだぞ？」

「わかりません。おまじない、いえ、召喚魔術《まじゅつ》の呪文《じゅもん》を口にしたら、なぜか光と一緒《いっしょ》にルクスが現れたんです。私、魔術師としての才能は無くて、呪文を唱えたのも、自分の気持ちを落ち着かせるためだけだったの。まさか召喚が成功するなんて思ってもいなくて……」

説明するうち、どんどんリリーシャの声が小さくなった。

ひとたび召喚された契約獣は、個体ごとの寿命《じゅみょう》が尽きるまで、ずっとこの世界にとどまることが出来る。しかし召喚が可能なのは、この世ならざる存在のみ。初めからこの世界に肉体を持っている人間を召喚するなど荒唐無稽《こうとうむけい》、とてもではないが信じられない話だった。

「おまえはいったい、何を寝《ね》ぼけたことを言ってるんだ？」

「私も訳がわからないけど、呪文を唱え終わったら何故《なぜ》かルクスがいたんです」

「そんな戯言《たわごと》を信じるとでも思ったのか？　どうせつくなら、もっとマシな嘘《うそ》をつけ」

「でも、だったらルクスはどうしてここにいるか説明がつかないですよね？　私も理屈《りくつ》はわからないけど、とりあえず信じてくれませんか？」

嘘のようだが、全《すべ》て本当の話だ。ルクスは訝《いぶか》しげにリリーシャを見つめていたが、話が進まないと考えたのか、渋々妥協《しぶしぶだきょう》の言葉を吐き出した。

「……まぁいい。とりあえず信じてやる。それでおまえは、なんでこんな森の中で襲われてたんだ？」

「厄介《やっかい》な求婚《きゅうこん》者たちに狙《ねら》われているんです」

リリーシャの言葉を、ルクスは鼻で笑った。

「求婚者たちだと？　嘘をつくならもう少し信憑性《しんぴょうせい》のあるものにしろ。おまえの顔は、そこまで男を惹《ひ》きつけるようにはとても見えない。ちゃんと鏡を見た方がいいぞ？」

不信感も露《あら》わに、ルクスが語気を強めた。

「鏡……」

リリーシャの容姿が、美女や美少女と呼ばれるものではないのは事実だ。

事実だし、平凡《へいぼん》な容貌《ようぼう》については自覚しているが、あらためてルクスに指摘《してき》され馬鹿《ばか》にされると、なぜか無性《むしょう》に腹が立った。

森で襲われ、突然光が現れ、ルクスに幹へ押し付けられ。

めまぐるしい理不尽《りふじん》の連続に、リリーシャの中の不満と不安が、ルクスへの八つ当たりじみた怒《いか》りとなって吹き荒れていく。

「………私にも事情があるんです。ちゃんと説明するから、まず腕を放してください」

「信用できない。説明が先だ」

「………腕が痛いわ」

「そうか。気の毒にな。ならばさっさと俺を納得《なっとく》させてみろ」

全く気の毒に思っていない口調で、ルクスが吐き捨てた。

取り付く島もない一方的な物言いに、ついにリリーシャの怒りが爆発《ばくはつ》した。

「最っ低!! 顔が良ければ、何を言っても許されると思ってるの!? 勝手に人の自由を奪っておいてなんなのよ!? さっさと離《はな》れてっ!!」

「っなっ!?」

「えっ!?」

ゴウッ！！！　と。

風切り音と共に、ルクスの体が凄まじい勢いで吹き飛ぶ。

リリーシャから引きはがされたルクスが、勢いよく木の根元に叩きつけられていた。

「へ……？　な、何？　大丈夫？」

何が起こったかさっぱりわからなかったが、ルクスはうずくまり、衝撃《しょうげき》に声もあげられないようだ。リリーシャはルクスのもとへ駆《か》け寄り、そっと背中へと手を置いた。

「痛いところは無い？　怪我がないか確認《かくにん》したいから、顔をこっちに見せ――きゃっ⁉」

突如《とつじょ》眼前に、ルクスの顔面が迫る。

ルクスが急に起き上がりリリーシャの全身を抱《だ》きかかえ、瞳《ひとみ》をのぞきこんできていた。

抱き合うような姿勢と至近距離《きょり》に迫《せま》ったルクスの鼻先に、大きく心臓が跳《は》ね上がった。

「な、な、なっ⁉　確かに、顔を見せてとは言ったけど、こんな強引《ごういん》な――」

「俺の意志じゃない‼　体が、おまえの命令に従わなければと勝手に動いてたんだ」

ルクスは呻《うめ》きつつもリリーシャを解放し立ち上がると、距離をあけ体を幹に預けた。

「私の命令に……？」

「あぁ……」

ルクスは何事か考え、左胸を押さえていたが、覚悟《かくご》を決めたようにリリーシャを見据《みす》えた。

「俺に向かって『命令です、右腕をあげろ』と言え」

「なんでそんなことを……？」

「いいからやれ。おまえも、何が起こっているのか知りたいだろう？」

「…………『命令です、右手をあげてください』」

……何も起こらなかった。

ルクスは命令に従うこと無く立ち尽《つ》くしていたが、安堵《あんど》したように小さくため息をつく。

「そうか。やはり、直接触《ふ》れ合っていなければ問題ないようだな」

「……どういうこと？　問題ないって、何がいいたいのよ？」

「おまえ、左胸のあたりに違和感《いわかん》が無いか？」

「……左胸？　言われてみれば、ちょっと熱いような……？」

「だろうな。これを見ろ」

「な、突然何するのよ⁉」

ルクスは自身の上着をはだけシャツのボタンを外し、素肌《すはだ》を外気に晒《さら》した。

鎖骨《さこつ》の下、心臓の上あたり。

そこに薄《うす》く朱色《しゅいろ》を帯びた、花びらのような紋様《もんよう》が浮《う》かび上がっていた。

「見ろ。これはおそらく《契印《けいいん》》だ。おまえの左胸にも、同じものが刻まれているはずだ」

慌《あわ》ててリリーシャは襟元《えりもと》を引っ張り、自分の胸元《むなもと》を覗《のぞ》き込んだ。下着が邪魔《じゃま》で全体像はつかめないが、何か紋様が現れているのがわかった。

「契印は、契約の証明として、体に刻まれる紋様だ。信じがたいことだが、どうやら俺はおまえと契約を結んでしまったらしいな」

「へ……？」

「何を呆《ほう》けた顔をしているんだ。おまえもさっき言っていただろう？　召喚呪文《しょうかんじゅもん》を唱えたら、俺が現れたと。つまり、そういうことだ。俺にはおまえの召喚に応《こた》えた記憶《きおく》など無いが、事実、こうして契印が刻まれてしまっている以上、契約は成立してしまったんだろうな」

ルクスは嘆息《たんそく》すると、自らの胸元の契印をなぞった。

「先ほどおまえが『さっさと離れて』、『顔をこっちに見せて』と言った時、契印が燃えるように熱くなって、急に命令に従いたくなった。今は熱もないし、直接触れ合っていなければ命令されても大丈夫《だいじょうぶ》なようだが、厄介だな」

「……………つまり、私を《主《あるじ》》として、契約が結ばれちゃったってこと？」

「不本意ながらな。おまえも魔術師なら、何か原因に心当たりはないか？」

「……………ないわ。さっきも言ったけど、私に魔術師の才能はないはずよ」

「……………頭の痛い話だな。手掛《てが》かりが無い上に、そもそも魔術師ですら無いのか……」

眉《まゆ》をひそめ、ルクスがうなった。彼には悪いが、リリーシャにはさっぱり心当たりが無い。

召喚魔術が成功し契約を結べた場合、契印を通じて相手の力や感情が流れ込んでくるものだと母親に聞いていたが、そんな感覚はどこにも無い。接触《せっしょく》時限定で命令に従わせることは出来るようだが、それ以外に自覚できる変化は見つけられなかった。

「まぁいい。今のところこれといった害は無いようだし、さっさと契約を解除すれば問題ない。おまえ、契約解除のやり方は知っているか？」

「ええ、知ってるわ。知ってるけど………肝心《かんじん》のつながりが、感じられないのよ」

本来、主が望めば、いくつか呪文《じゅもん》を唱えることで契約解除することができるはずだ。

ただしその際、相手との間にあるつながり、魂《たましい》の結びつきを切らなければならない。

通常は契約を結んだ際に、自動的にそのつながりを認識できるようになる。それで切り方も自然とわかるはずだったが、リリーシャにはそれが全く感じ取れなかった。

「なんだと？………おまえは本当、つくづく厄介だな………」

「ごめんなさい。………その、ルクスの方から契約を解除するのは、無理なのかしら？」

「無理にきまってるだろ。命令に従うべき存在が、勝手に契約を解除出来たら意味が無い。稀《まれ》におまえのような契約解除のやり方さえわからない失敗例もあるようだが、だとしたらいくつか触媒《しょくばい》を揃《そろ》え、実験する必要がある。仕方ないが俺に付いてこい。王都にある俺の別邸《べってぃ》に向かうぞ。着替《きが》えや食事については心配しないでいい。それくらいはこっちが負担してやる」

「え？　着替えや食事？　ルクスの家に、何日も泊《と》まり込むってこと？」

「そうだが、何か問題があるのか？　おまえはただの町娘《まちむすめ》だろう？」

無神経なルクスの言葉に、リリーシャはまゆを吊《つ》り上げて反論した。

「大有りよ!!　私にだって毎日の賃仕事があるの!!　ただの町娘だからこそ、勝手に休むわけにはいかないわ!!」

「なんだ、金が欲しいのか？　それなら先に言え。俺にだって蓄《たくわ》えがある」

「お金の問題じゃない、信用の問題よ‼　無断で何日も休んだら首を切られて、この先働かせてもらえなくなっちゃうわ‼」

度重《たび》なる求婚者《きゅうこん》たちの襲来《しゅうらい》でいくつもの職場を失っているリリーシャにとって、これ以上仕事が減るのは死活問題だ。思わず遠い目をし、乾《かわ》いた笑いをもらしてしまった。

「ふふ……そう、くぴよ、くぴ。全部パーよ。ふふっ…………私、山草は嫌《きら》いじゃないわ。でも、三食山草づくしの毎日……そんなの、さすがにニノもいやよね、あははは……………」

「ちぃ……」

悲しげな声でニノが鳴く。金茶の大きな尾《お》が、しんなりと萎《しお》れて垂れ下がっていた。

「ふふ……ごめんね、ニノ。でも私、頑張《がんば》るわ。山草の煮物《にもの》に、山草の山草和《あ》えに、山草の炒《いた》め物。とっても素敵《すてき》で豪華《ごうか》で、おいしそうよね……ふふふふ……」

虚《うつ》ろな目のリリーシャの笑い(?)を聞き、思いっきりルクスは引いていた。

さすがのルクスも罪悪感を抱《いだ》いたのか、口を開き妥協《だきょう》案を提案した。

「そうか、すまなかったな。……だがいずれにしろ、契約は解除しなければならない。幸い、すぐさま悪影響《あくえいきょう》があるわけではないようだし、数日あればおまえも時間を作れるだろう？　五日後の夕刻におまえの家に迎《むか》えをやるから、さっさと場所を教えろ」

「ありがとうございます助かります‼　私の家は、王都の西区、第十五街区の外れ、スミレ通りの北から四本目の小道を西に向かって――――」

リリーシャの説明をルクスは一発で記憶し、復唱してくれた。

ルクスは突然森の中に呼びだされた身で、早く元いた場所に帰らねば大騒《おおさわ》ぎになってしまうらしい。ルクスはリリーシャとの間に約束をとりつけると、手早く気絶した男達を縛《しば》り上げ、目を覚ましてもすぐには追ってこられないようにした。

素早く処理を済ませたルクスは、おおまかな方角を確認すると、足早に木々の向こうへと消えていった。リリーシャとは目指す方向が違《ちが》うようだが、あれだけ剣技《けんぎ》と魔術《まじゅつ》に優《すぐ》れていれば、道中大きな危険も無いはずだ。

リリーシャも家路を急ぐため、薬草入りの籠《かご》の回収は諦《あきら》め、けもの道を探すことにする。

幸いすぐにけもの道は見つかり、順調に歩みを進めていたが、何やら動悸《どうき》が速くなる。

初めは気のせいだと思ったが、一向に収まらず、むしろ強く激しくなってきた。

(ドキドキするし、胸元が熱い……？　ひょっとして、契印が反応してるの？)

不安に思い、魔術師であるルクスに相談したくなったが、今更《いまさら》彼を追っても森の中で迷子になり会えない可能性が高い。

「ちぃ？　ちぃきゅい？」

大丈夫？　と心配するように鳴くニノをなだめ、けもの道を駆《か》けていく。

だが、あと少しで森から抜《ぬ》けるといったところで、強烈《きょうれつ》な痛みに襲《おそ》われ膝《ひざ》をついてしまう。

――熱い。契印が火にくべられたようで、激痛と共に意識を食い荒《あ》らしていく。

「あ、か、はっ………」

苦しい。あえぐように声を引き絞《しぼ》り、胸元をかきむしるように押さえる。

「ちぃ!? ちぃ!! ちっ、ちぃちぃ!!」

ニノに頬《ほお》を舐《な》められたが、指一本動かすことが出来なくなる。

………自分は、このまま死ぬのだろうか。

痛みと熱が一体となってリリーシャを襲い、やがてその感覚さえも薄く、ぼんやりと遠ざかっていく。全《すべ》てが揺《ゆ》らぎ、薄れ、混ざり、遠ざかっていく中で――

――最後におぼろげに、美しく輝《かがや》く、紫《むらさき》の瞳《ひとみ》を見た気がした。

第二章　町娘は王宮へ

「ちぃ、ちぃちぃ」

耳元で鳴くニノの声に、リリーシャはぼんやりと目を覚ました。

（あれ、私いつの間に眠《ねむ》ってたんだろ……）

心地《ここち》よいまどろみに身をまかせたくなるが、もう朝食の時間なのだろう。

少し甘えたニノの鳴き声は、お腹《なか》が空いた時の特徴《とくちょう》だ。起きあがろうと枕元《まくらもと》に手をついたところで、リリーシャの中で急激に違和感《いわかん》が頭をもたげた。

（へ？ 何この感触《かんしょく》。柔《やわ》らかいし滑《なめ》らかで、まるで絹みたい。それになんだろ、薔薇《ばら》の花みたいないい匂《にお》いが――――）

薔薇の花――――

「!!」

ガバリと。慌《あわ》てて身を起こし、一気に眠気《ねむけ》が吹《ふ》き飛んだ。

そう、求婚者だ。薔薇を持ってきた求婚者に殴《なぐ》られかけ、森でごろつき達に襲われ、その直後にルクスに出会い、自分は意識を失ったはずだ。

「……ここ、どこ？」

部屋をぐるりと見回す。金細工の施《ほどこ》された鏡台、猫足《ねこあし》の優美な長椅子《ながいす》など、豪奢《ごうしゃ》な調度品の数々が目に入る。全く状況《じょうきょう》が摑《つか》めなかった。

「それに、この服は……」

身にまとっているのも、普段《ふだん》着なれた麻《あさ》のドレスではない。やたらと肌触《はだざわ》りのいい、おそらくは絹で仕立てられたナイトドレスだ。眠っている間に誰《だれ》かに着替えさせられたに違いない。

思い悩《なや》み、必死に記憶《きおく》を手繰《たぐ》り寄せる中、ニノが寝台《しんだい》からおり、壁際《かべぎわ》の扉《とびら》の前で座り込んだ。

あれは、誰かが扉を開けるのを待っている体勢だ。

(扉の向こうに、誰かいる……？　私を、ここまで運んでくれた人……？)

寝台から足を下ろす。毛足の長い絨毯《じゅうたん》が足裏を包みこみくすぐったかった。

ずっと寝《ね》ていたせいか足元が覚束《おぼつか》なかったが、なんとか歩くことはできる。

フラフラと扉に近づき、取っ手へと手を伸《の》ばすが、その寸前に急に扉が開き迫《せま》ってきた。

「きゃっ⁉」

(あ、ダメ、これ、転ぶっ‼)

弱った体では踏《ふ》ん張りが利《き》かず体勢を崩《くず》し、顔面から前へと倒《たお》れこむ。

しかしやってきたのは、柔らかで軽い衝撃《しょうげき》だけだった。

(あれ………？)

「どうやら、自分で歩ける程度には回復したようだな」

呆《あき》れたような声が、頭のてっぺんをくすぐる。

聞き覚えのある声に恐《おそ》る恐る視線を上げると、不機嫌《ふきげん》そうに瞬《まばた》く、紫水晶《アメジスト》の瞳と目があった
――ルクスだ。リリーシャはルクスの胸板《むないた》に体を支えられ、転倒《てんとう》を免《まぬが》れたのだった。

「なんでルクスが？　というかそもそも、ここは一体どこなの？」

「間抜《まぬ》けな顔で質問するな。答えてやるから、まずは俺から離《はな》れろ」

「あ、ごめんなさい」

離れようとするも、事情を知っていそうなルクスと出会って気が抜けたせいか、体に力が入らなかった。ルクスは苦戦するリリーシャを見下ろすと、大きくため息をついた。

「待っててルクス、すぐ離れるか――!?」

ふわり、と。

軽い浮遊感《ふゆうかん》と共に体が持ち上がり、両足が揃《そろ》って宙を泳ぐ。

膝の裏と背中にあたる、しっかりとしたルクスの腕《うで》。

（え、これって――）

いわゆる、お姫《ひめ》さま抱《だ》っこの体勢だ。

間近に迫るルクスの顔。りりしい紫の瞳と、薄《うす》く開かれた唇《くちびる》から洩《も》れる吐息《といき》に、思わず鼓動《こどう》が跳《は》ね上がる。リリーシャが固まっていると、至近距離《きょり》からルクスの声が響《ひび》いた。

「よし、やっぱり軽いな。これなら大丈夫《だいじょうぶ》そうだ」

大丈夫って、何が？

当たり前の疑問は、ルクスが無愛想に続けた言葉にかき消された。

「口を閉じろ。歯を食いしばれ」

「は？」

「舌を噛《か》まないよう気をつけろ――――それっ」

「き、きゃぁぁぁ――――っ⁉」

ルクスの掛《か》け声と同時に体が支えを失い、勢いよく宙を飛んだ。

ボスンと音を立て、背中から寝台の上へ着地する。

幸い、寝台が柔らかかったおかげで痛みこそ小さかったが、余りにも突然《とつぜん》の凶行《きょうこう》だ。

リリーシャは目を白黒させ、途切《とぎ》れ途切れに疑問の声をあげた。

「な、何で、私、投げられて⁉」

「おまえが立てないようだから、寝台に乗せてやったんだろう」

「は……？　だったら、抱き上げたまま寝台に運んでくれてもいいじゃない‼」

「却下《きゃっか》だ。部屋の中とはいえ、人一人抱《かか》えて運ぶと時間がかかる」

「そ、そんな理由で……？」

「おまえは馬鹿《ばか》なのか？　短い時間であろうと、おまえに触《ふ》れられている間、俺はおまえの命令に従わされてしまうんだぞ」

「あ…………」

今度こそ、リリーシャは全てを思い出した。森での契約《けいやく》と、命令に従い体を動かしたルクスの姿。契約に関《かか》わる諸々《もろもろ》を思い出すと共に、ルクスの失礼極《きわ》まりない言動の数々も思い出したリリーシャは、ルクスへと向ける眼差《まなざ》しを険しくした。

「ちゃんと覚えてるわよ!! けど、いきなり放《ほう》り投げることは無いでしょ!!」

「おまえのことは信用できない。出会ったばかりの相手に、数秒とはいえ自分の運命を握《にぎ》られるんだ。そんなこと許容できるわけないだろ」

「で、でも、いくらなんでも、思いっきりやらなくてもいいじゃない。一瞬《いっしゅん》殺されるかと思って、意識が飛びかけたわよ?」

「なんだ？　投げられるのが嫌《いや》なら、その場で突《つ》き放して転ばせればよかったのか？　それでは怪我《けが》をするかもと、わざわざ寝台に転がしてやったんだ。それに、意識の無いおまえをここまで運んだのはこの俺だ。おまえを殺そうとするつもりなら、とっくに手を出している」

「うっ…………」

やはり、倒れた自分を助けてくれたのはルクスだったのだ。

手荒《てあら》く投げられたことに対する憤《いきどお》りは消せないが、ルクスの言い分にも一理ある。それに何より、ルクスは命の恩人なのだ。

色々と納得《なっとく》いかない部分もあるが、まずはお礼を言うべきだろう。

「……助けてくれて、どうもありがとう」

「ふん。回らない頭なりに、ようやく状況《じょうきょう》が理解できたようだな」

(む、むかつくっ!!)

ルクスは命の恩人だが、個人的な好き嫌《きら》いは別問題だ。

いつか絶対、その高い鼻をへし折って見せると、心の中にしっかりと刻み込んでおく。

……ルクスを見返し対等な立場に立つためにも、まずは現状の把握が必要だ。

「それで、ここは一体どこなの？　ルクスの家ならいいけど、家族の方は問題無いの？」

「ここは王宮内にある俺の屋敷《やしき》だ。家族は住んでいないし、その点は問題無い」

「そう、なら大丈夫――――って、へ、王宮？」

「あぁ、ここは王宮――――ヴァルトシュタイン王宮敷地内にある、俺に与《あた》えられた屋敷だ」

「え、王宮内に屋敷があるって、それじゃ、ルクスは………」

王都には多くの貴族たちが居を構えているが、王宮の敷地内に屋敷を与えられているのはごく限られた人間だけ。つまりルクスは――――

「あぁ、そうだ。俺の名は、ルクシオン・ディ・ヴァルトシュタイン。この国の第三王子だ」

「王子？　う、嘘《うそ》でしょ？」

「ふん、やはりすぐには信じられないようだな。まぁいい」

ルクスは窓辺に近づき、臙脂色《えんじいろ》のカーテンへと手をかけた。

「――外を見ろ」

「‼」

引き開けられたカーテンの先、ガラス窓の向こうに鎮座《ちんざ》する、壮麗華麗《そうれいかれい》な建築群。燦々《さんさん》と照る日差しの下輝《もとかがや》く、彫刻《ちょうこく》で飾《かざ》られた外壁《がいへき》と、数多《あまた》の尖塔《せんとう》を従えたその威容《いよう》。

昔、外から見た王宮の姿と同じだったが、その時と違《ちが》い、間を隔《へだ》てる城壁が無かった。

「ここ、ホントに王宮の中で、ルク……いえ、殿下《でんか》は、第三王子だったんですね。でも、どうして私をここに運ん……お運びになったのですか？」

「話しにくいなら、無理に敬語を使うな。形だけの敬意など無意味だし、話が滞《とどこお》るだけだ。俺と二人っきりの時は、今まで通り、おまえの話しやすい口調や呼び方で問題無い」

「そう……ですか」

ルクスの提案に胸をなで下ろす。

リリーシャはひとつ深呼吸すると、ルクスへの質問を再開した。

「それでルクスは、なんで私をここに運んだの？　どう考えても私、ここじゃ場違《ばちが》いよね？　もし衛兵にでも見つかったら、牢《ろう》に入れられるんじゃゃない？」

「その点は心配無い。屋敷には俺に仕える人間しかいないし、この部屋には人払《ひとばら》いの命を出してある。色々と面倒《めんどう》だが、契約の副作用が厄介《やっかい》だからな……」

「副作用？」

「おまえと森で別れた後、胸の契印が熱を帯びて体が重くなった。さらにしばらくすると、体が引っ張られるような感覚が生まれたんだ」

「もしかして、その方向に私がいたってこと？」

「あぁそうだ。おまえに触れると体が軽くなり、契印の熱は消えうせた。どうやら俺たちは、一定距離以上離れることが出来なくなってしまったようだな」

「離れられない？　そんな契約って存在するの？」

リリーシャは母親に教えられたおかげで、一通りの魔術《まじゅつ》知識は習得している。

魔術師と召喚《しょうかん》対象の間に結ばれる契約において、距離が離れることで魔力供給の効率が落ちて意思疎通《いしそつう》がしにくくなることはある。だが、完全に離れられなくなるといった例は存在しないはずだった。

「俺も聞いたことが無い。だがそもそも、人間である俺が呼びだされること自体、ありえないはずの事態なんだ。ならば何が起こっても不思議ではないだろう？　現におまえは倒れ、丸二日も眠《ねむ》り続けたんだからな」

「丸二日⁉」

嘘でしょ⁉

目覚めてから何度目かの、そして最大級の驚愕《きょうがく》に襲《おそ》われ、リリーシャの顔が青ざめる。

「正確には、二日と半日だ。声をかけても揺《ゆ》すっても起きなかったからな……って、どうした、顔色が悪いぞ？」

ルクスの不審《ふしん》げな声も、リリーシャの耳には入らなかった。

萎《な》えた足に活を入れ、寝台《しんだい》から跳ね起き、よろめきながらも扉《とびら》へと向かう。

「おいおまえ、そんな恰好《かっこう》でどこへ行く？」

「『踊る子羊亭』の下ごしらえとアオベコ草の採集とミヒャエルの子守《こも》りとアンナおばさんの古着回収と礼拝所の荷運びとジークフェルト商会の宴会給仕《えんかいきゅうじ》っ!!」

「……は？」

「賃仕事よ賃仕事!!　二日分の頼《たの》まれごと、全部丸ごとすっぽかしたのよ!?　うわあぁぁぁぁあんっ、ありえないありえないありえないぃっ!!　事前申告《しんこく》も無しに最悪ぅうううう!!」

一マルツ、五マルツ、十マルツ――

得られるはずだった賃金と失った信頼《しんらい》の数を数え上げ、リリーシャは頭を抱えうめいた。

「ハンネスおじさんに頼まれてた煎《せん》じ薬の仕込みもほったらかし……うぅん、ちょっと待って。あれなら、今から急げば期限内に」

「おい、ちょっと待て」

「そう、そうよね!!　今すぐ材料をすり潰《つぶ》して夜通し煮《に》れば、ギリギリ明日中にはできあがるはず!!　早く帰って――きゃっ!?」

ぼう、と。

興奮するリリーシャの目の前に、赤く小さな火球が燃え上がった。

「ちょっと!! 何するのよ危ないわね!!」

ルクスへとつめよるも、軽くかわされたたらを踏《ふ》む。

「勝手に外に出ようとするからだ。俺の制止も、詠唱《えいしょう》の声も聞こえてなかっただろ」

「だからって、そこで足止めに魔術使う!?」

「おまえに触れられないんだから仕方ないだろ。――――六千マルッだ」

「はい?」

六千マルッ。リリーシャの生活費にして、軽く数年分。

唐突《とうとつ》に告げられた莫大《ばくだい》な金額に、リリーシャはポカンと目を見開いた。

「六千マルッ。それが、俺を王宮から連れ出す代金だ。組まれていた予定の放棄《ほうき》による損失と、各方面へのお詫《わ》びの品、ざっと概算《がいさん》して、今日一日のこれからの埋《う》め合わせだけで六千マルッ。おまえ、ちゃんと支払《しはら》えるのか?」

「え、えっと……十マルッ!! 月々十マルッの返済でなら、なんとか……」

「五十年間も、老人になるまで俺に待てと?」

「必ず返すわよ。ほら、憎《にく》まれっ子世にはばかるって言うし、ルクスは長生きすると思うの」

「………確かにおまえの方こそ、しぶとく図太く生きて支払いを続けそうだが、さっきのはあくまで、純粋《じゅんすい》な金銭的損失のみの話だぞ？　事前の根回しなしの職務の放棄と、信用の失墜《しっつい》。それがどれほどの痛手か、おまえならちゃんとわかるよな？」

わからないとは言わせないと、ルクスがドス黒い笑顔《えがお》を貼《は》り付け念を押した。

「で、でも」

「俺一人の被害《ひがい》でとどまればいい。だが、俺が職務を放棄した結果、巡《めぐ》り巡って何人かの人間が路頭に迷ってのたれ死ぬ可能性もある。まぁ、さすがにおまえにそこまで背負わせるつもりはないから、安心して俺を連れ出すといい」

「うっ」

ルクスの言葉が、グサグサと良心に突《つ》き刺《さ》さる。

今更《いまさら》ながら、王子であるルクスの影響《えいきょう》力を理解し、心臓が嫌《いや》な音をたてた。

(無理無理無理無理っ!!　賃仕事の信用も大切だけど、六千マルツの借金と、何の罪も無い人に迷惑《めいわく》をかけるなんて……というか、あれ、ちょっと待って……)

冷や汗《あせ》が背中を伝う中、思い至った可能性に、リリーシャは恐《おそ》る恐る口を開いた。

「ねぇ、ルクスはさっきから私としゃべってるけど、今は仕事とか大丈夫《だいじょうぶ》なの？」

「俺は一応王子なんだが、そんなに暇人《ひまじん》に見えるか？」

「ひ、暇人だったらイイデスネ………」

「残念、外れだ。現在進行形で、予定も仕事も絶賛遅延《ちえん》中だ」

「ごめんなさぃぃぃぃぃぃぃぃぃっ!!」

ガバリと頭を下げ、深く深く、精一杯《せいいっぱい》の謝罪の意思を示す。

(そうよね当たり前よね!! 私が賃仕事の心配で頭がいっぱいだったみたいに、ルクスにもルクスの予定があって当然よね!! 何ですぐ気付かなかったのよ私のバカァァァっ!!)

今にして思えば、リリーシャが目を覚ましてすぐにルクスが部屋に入ってきたのも、隣《となり》の部屋で気配をうかがっていたか、定期的に様子を見に来ていたからなのだろう。

リリーシャが意識を失い、目覚めるまで丸二日。

仮にその間、ルクスが仕事を取りやめ、ずっとリリーシャのそばで待機していたとしたら。

(六千マルツが二日分で、一万二千マルツの損失!? 月々十マルツずつ返しても、百年間!?)

とてもではないが、町娘《まちむすめ》であるリリーシャが返しきれる額では無い。

絶望的な金額に放心するリリーシャを、ルクスが同情するように見つめる。

ルクスはゆっくりとした口調で、幼子に語りかけるように話しかけた。

「そう気を落とすな。おまえは何も悪くない。俺もおまえも、異常な契約《けいやく》に偶然《ぐうぜん》巻き込まれただけ。そうだろう?」

「それはそうだけど、ルクスの予定が……」

「幸い、この二日間の仕事は日程の融通《ゆうずう》のきくものばかりだったし、今のところ大きな実害は無い。多少の金銭的な損失は仕方がないが、それをおまえに請求《せいきゅう》するのは理不尽《りふじん》だろう?」

「ルクス……」

寛大《かんだい》な処置と言葉に、ルクスに後光が差しているような錯覚《さっかく》に陥《おちい》った。

リリーシャは祈《いの》るように両掌《りょうて》を組み合わせ、じっとルクスの顔を見上げた。

「ありがとうルクス。でも、本当にいいの？」

「あぁ。金銭的な負担をおまえにかける気は無い。ただ、少し困っていることがあってな」

「なになに？　お金のかからないことなら、私も力になれるわよ？」

ここでルクスの機嫌《きげん》を損《そこ》ね前言を翻《ひるがえ》され、借金を背負わされてはたまらない。

給仕に調理、薬草採取に薬草調合、郵便配達、読み書き計算、繕《つくろ》いもの。

なんだってやってみせると、握《にぎ》りこぶしを作って意気込むリリーシャだったが、

「じゃあおまえ、俺の恋人《こいびと》になれ」

「は？」

予想だにしていなかった『頼み事』に、間抜《まぬ》けな声が飛び出した。

「恋人………私が、ルクスの恋人に？」

「そうだ」

「……ねぇルクス、私、良く効く眼精疲労《がんせいひろう》の薬も作ってるんだけど、一つ買わない？」

「俺の目は正常だ。おまえの容姿に一目ぼれしたわけではないし、性格もどうでもいい。おまえから俺への愛情も求めはしないから、ただ俺の恋人になると頷《うなず》けばいいんだ」

「はぁ？　そんな条件、何がしたいっていうのよ？　それに、私の気持ちはどうだっていいって言うの？　そんなの今までの求婚者《きゅうこん》たちと同じで最低よ!!」

とんでもない『頼み事』に、リリーシャの中に激しい反発心が生まれた。

なんとか断れないかと、必死に舌を回し反論する。

「私は平民よ？　それが王子のルクスの恋人だなんて、どう考えたっておかしいじゃない!!」

「平民だからこそ、だ。そもそもおまえの身分を素直《すなお》に明かしていたら、この王宮内に運び込むのだって不可能だろう？」

「それはそうだけど……」

ならばどうやって、自分は王宮の中へと入ったのだろう。

考えれば考える程《ほど》、嫌な予感が強くなっていく。

「だからこそ、お前を『俺の恋人』と偽《いつわ》ったんだ」

リリーシャが避《さ》けていたその一言を、ルクスはあっさりと断言した。

「う、ウソでしょ？　そんなデタラメ、通るはずがないわ」

「通したんだよ。おまえは俺から離《はな》れられないだろう？　だからおまえを王宮に連れ込む際に、さるやんごとなき貴族令嬢《れいじょう》に仕立て上げて門兵を偽ったんだ。ただの町娘が四六時中俺の傍《そば》にいるのはおかしいからな」

「でも私、貴族の礼儀《れいぎ》作法なんて知らないし……。ずっとこの屋敷《やしき》の、この部屋に閉じこもってるわよ。それならこの先恋人のふりをする必要もないし、正体もバレないでしょ？」

「おまえはそれでいいが、俺はどうする？　おまえから離れられない俺は、屋敷の外での仕事を全《すべ》て中止するしかない。それが何を意味するか、おまえならもうわかるだろう？」

「うっ」

契約解除の目処《めど》がつかない今、どこまで借金が膨《ふく》れ上がるか、わかったものではない。

よろめくリリーシャに、ルクスはにっこりと秀麗《しゅうれい》な笑みを浮《う》かべた。

「俺の恋人役になるなら、今日までに生じた損失をおまえに請求する気は無い。ずっと行動を共にする口実もできるから、当面の問題も解消する。その間に二人で契約解除の方法を探せば、全ては解決するんだ。お前だって、早く元の生活に戻《もど》りたいだろう？」

笑顔と、その裏にある圧力。リリーシャはついに折れ、やけくそ気味に叫《さけ》んだ。

「わかったやるわよ‼　やればいいんでしょう‼」

「よし、よく言った。ならばその言葉、決して忘れるなよ」

勝ち誇《ほこ》ったようなルクスの表情に、リリーシャの意識の片隅《かたすみ》、冷静な部分が反応する。

（あれ、ちょっと待って……。私、散々ルクスに脅《おど》されて、借金をちらつかされて怯《おび》えて、それをチャラにしようって提案に乗って……でも、これって…………）

どん底にたたき落としたところで救いの光を見せ、理不尽な要求をのませる。

「……立派な詐欺師《さぎし》の手口じゃない」

「褒《ほ》め言葉と受け取ってやる。とりあえず現状把握《はあく》がしたいから、おまえの――」

ルクスが言葉を切る。

忌《い》ま忌ましげな表情を見ていると、軽《かろ》やかな足音がリリーシャの耳にも届いた。

「やっほー、ルクス。ひっさしぶり～。恋人ができたって聞いたけど、今日も不機嫌《ふきげん》そうだね」

「……やはりおまえか」

「あなた誰《だれ》⁉」

扉《とびら》を開け現れたのは、燃えるような赤毛が印象的な青年だ。赤毛はあちこちはねており、ふわふわと風に揺《ゆ》れている。服装は赤を基調にまとめられた貴族服。おそろしく顔立ちは整っているが気さくで人懐《ひとなつ》っこい雰囲気《ふんいき》で、金茶の瞳《ひとみ》には愉快《ゆかい》そうな光が輝《かがや》いている。

青年はリリーシャの存在に気付くと、朗《ほが》らかな笑みを見せ近寄ってきた。

「ふーん、君がルクスの恋人？　よろしくね、泥棒猫《どろぼうねこ》さん」

「は？」

目が点になる。聞き間違《まちが》いだろうか。泥棒猫。確かにそう聞こえたが、青年は笑っているし、何より、彼とルクスは男同士だ。

リリーシャは二人の姿を交互《こうご》に見ると、唇《くちびる》をひきつらせ言葉を紡《つむ》いだ。

「え、何、ルクスって、そういう趣味《しゅみ》？　この人と、その、そういう関係なの？　だったら、

えっと、私は泥棒猫じゃないというか、ごめんなさいね？」

「気色悪い想像をするな」

心底嫌《いや》そうな声音《こわね》で吐《は》き捨て、ルクスが腰《こし》に吊《つ》るした長剣《ちょうけん》へと手をかける。

「何をして——きゃっ⁉」

訝《いぶか》しむ間もなく、ルクスの手元が閃《ひらめ》いた。

剣尖一閃《けんせんいっせん》。ルクスが抜《ぬ》き放った長剣が、青年に向かって切り上げられる。

「ちょ、そんなことしたら死んじゃ——ってあれ、あの人どこいったの⁉」

剣風に思わず閉じてしまった瞳を開くと、青年の姿がかき消え、何枚かの赤い羽根が舞《ま》っていた。青年の姿を求め部屋を見回すと、寝台《しんだい》の天蓋《てんがい》の上に、大きな鳥の姿がある。羽は光り輝くような鮮《あざ》やかな真紅《しんく》で、長い尾羽《おばね》が何枚も重なり合って揺れていた。

「もー危ないなールクス。おかげで尾羽が何枚か切れちゃったじゃないか」

鳥は長い首を優雅《ゆうが》に曲げ羽を広げると、先ほどの青年と同じ声色で囀《さえず》った。

「あなた、契約獣《けいやくじゅう》だったのね」

「そうだよ。僕の名前はフェリル。君とはルクスの愛を巡《めぐ》るライバルさ」

「えっと……」

改めてルクスへの愛を告げられ、言葉につまる。ルクスがこちらへと冷たい目を向けた。

「アホ鳥の言葉を真に受けるな。そいつは主《あるじ》のいない契約獣だ。欲しがってるのは愛なんかじゃ無く、俺の魔術師《まじゅつし》としての才能だけ。自分の力を強めてくれる魔術師の主を求めて、俺に付きまとっているんだ」

「酷《ひど》いな～。確かにルクスの才能には惚《ほ》れこんでるけど、ルクス自身のことも大好きだよ？」

「俺のことが好きなら、少しは俺の話を聞け。そしてそこから降りてこい」

「嫌だよ、斬《き》る気満々じゃないか。君とは殺しあうより、愛を囁《ささや》きあいたい僕なんだ」

フェリルは全くめげる気配が無い。一方的に好意を押し付けられるルクスに、無理やり求婚者達に迫《せま》られる自分の姿が重なり、リリーシャは深く同情した。

「なんていうか、ルクスも大変なのね」

「憐《あわ》れみなどいらん。そもそも、フェリルにまともな倫理《りんり》観を求めるだけ無駄《むだ》なんだ。あいつら契約獣は、人の気も知らず勝手にふるまうだけ。これだから契約獣は嫌《きら》いなんだ」

「え、ルクスは契約獣のこと嫌いなの？」

驚《おどろ》くリリーシャに、めざとくフェリルが反応した。

「あれれ？　おっかしーなー。君、恋人のはずなのに、ルクスが大の契約獣嫌いだってことも知らないのかい？　泥棒猫失格だね‼」

「失礼ね‼　だから泥棒猫なんかじゃな……」

否定しようとして、言葉に詰《つ》まる。

先ほど、リリーシャはルクスの恋人役を引き受けたばかり。

それを自ら否定してしまっては、王宮での居場所がなくなってしまう。

口をつぐんで言い淀《よど》んでいると、ルクスの冷ややかな視線とかちあった。

「問題無い。どうせ、本物の恋人《こいびと》じゃないとバレている。フェリルも、あまりこいつをからかうのはよせ」

くたびれた声のルクスに、フェリルが明るく答える。

「あはは。いわゆる愛の力ってやつ？　ルクスをずっと見守ってきた僕には、そんな嘘《うそ》無意味だよ。君の存在は興味深いけど、せっかくのルクスの弱みを言いふらすつもりも無いから安心するといいさ」

(それは果たして、信用していいのかしら……？)

甚《はなは》だ疑問だが、突《つ》っ込み始めると切りが無さそうなので話を戻すことにする。

「ねぇルクス。契約獣が嫌いって本当なの？」

「あぁ、嫌いだ。出来ることなら、視界に入れたくも無い」

「でもルクスは、魔術師よね？　なのに契約獣を拒絶《きょぜつ》するなんて、珍《めずら》しいわね」

「ふん。契約獣に頼《たよ》るなんて二流、凡人《ぼんじん》のやることだ。俺は天才だからな。契約獣などいなくても、なんら問題は無い。おまえも、森で俺が暴漢どもを片付けるのは見ていただろう？」

本来、魔術師が契約獣を従える利点は、二つある。一つは、契約獣を手足として動かせること。そしてもう一つは、契約獣と魂《たましい》を結び付けることで魔力を高め、魔術師自身も強力な魔術を使うことができるようになることだ。

（でもルクスには、契約獣がいなくても大丈夫《だいじょうぶ》なくらい、すごい魔術の才能がある）

魔術師としての才が無く苦労するリリーシャからすれば、羨《うらや》ましい限りだ。しかし、どんな人間にだって好き嫌いはある。リリーシャがニノやアルフを好きなように、ルクスは契約獣全体が嫌いなだけ。少しさみしいが、他人であるリリーシャが口を挟《はさ》むことではない。

「そう、わかったわ。これからはルクスに近づかないようニノにも言っておくわね」

「へぇ。意外に君、物分かりがいいね。ルクスに相応《ふさわ》しい契約獣はこの僕だって、そう理解してくれたなら話が早いよ」

「おいアホ鳥。おまえは黙《だま》れ。俺はどんな契約獣とも契約する気は無いと、ここ何年もずっと言っているよな？」

「僕、守りの堅《かた》い相手をじっくり攻《せ》め落とす方が燃えるタイプなんだ」

「……………そのまま燃えつきてしまえ」

汚物《おぶつ》を見る眼《め》で、ルクスが言い放つ。

「あはは、手厳しいな。せっかく君たちを助けてあげようと思ったのにね？」

フェリルは寝台の天蓋から羽ばたき、リリーシャの傍《かたわ》らへと舞《ま》い降りた。

「ねぇ君ってさ、喋《しゃべ》り方や振《ふ》る舞いを見るに貴族じゃないだろう？　ここは王宮だ。君が本来いるべきじゃない場所だってわかるよね？」

あっさりと素性《すじよう》を言い当てられ、反射的に身構える。

「何？　やっぱり、私の正体を周りにばらそうって言うの？」

「違《ちが》う違う、むしろ逆だよ」

「逆？　何がしたいのよ？」

「僕さ、人間じゃないけど、貴族じゃない君よりは、王宮での礼儀《れいぎ》作法に詳《くわ》しいと思うんだ」

フェリルは思わせぶりに言葉を切ると、値踏《ねぶ》みするような目でリリーシャを見つめた。

「……つまり、あなたが貴族令嬢《れいじよう》としての礼儀作法や、王宮事情を教えてくれるってこと？」

「君が望むならの話だけど、どうするかい？」

問いかけに、リリーシャはしばし考え込んだ。

一秒でも早く契約解除の手段を探したいのが本音だが、平民であることがバレては元も子もない。急がば回れ。王宮内での厄介《やつかい》ごとの種を潰《つぶ》すためにも、それなりの知識や準備が必要だろう。フェリルの曲者《くせもの》ぶりに不安は残るが、他《ほか》にこれといった良案も見当たらなかった。

「えぇ、お願いするわ。フェリルが王宮での処世術を教えてくれるならとても助かるもの」

「うん、話が早い子は嫌いじゃないよ。ルクスもそれでいいだろう？　君もこの子の教育係を探していたんだろうけど、君ってば部下も友達も少ないもんね!!」

「勝手にしろ。それにどうせおまえの目的は、こいつの教育係という大義名分を得て、俺にまとわりつくことだろ？」

「ご名答!!　さっすがルクス。僕達ってば以心伝心、相思相愛ってやつだね!!」

「敵対者との関係において、相手の思考を読むことは基本だからな」

ルクスは無表情で切り捨てると、そのまま扉《とびら》の方へ向かい、取っ手へと手をかけた。

「ルクス、どこへ行くの？」

「応接間で、次の仕事の打ち合わせが入っている。同じ屋敷《やしき》内で離《はな》れる程度は問題ないようだからな。おまえはこの部屋で、フェリルから王宮の基礎《きそ》知識でも学んでいろ」

扉が閉められ、フェリルと二人、部屋へと取り残されてしまった。

「あーあー、行っちゃった。相変わらずルクスは忙《せわ》しないね。君も、彼の足を引っ張らないよう気を付けなよ」

「あなたに言われたくないわよ……。それで、あなたは私に何を教えるつもりなの？」

「ん～、逆に聞くけど、君は何を知りたい？　最初に押さえておくべきはなんだと思う？」

試《ため》すような質問に、リリーシャは素早《すばや》く思考を巡らせた。

「そうね、色々聞きたいことはあるけど、まずは足元から固めないとね。これから一緒《いっしょ》にすごすルクスについて、王宮内での立ち位置や、血縁《けつえん》関係について教えてくれないかしら？」

「いい質問だね。ルクスは第三王子だけど、亡《な》くなったお母さんの身分が低かったからねー。王子としての立場は強くないし、任されてる仕事も、王宮の一角の警備責任者や、貴族連中との社交、つまりはご機嫌《きげん》とりとか、細々とした事柄《ことがら》が多いかな」

「そうなの。あと気になってたんだけど、フェリルって、ルクスの庇護下《ひご》にあるわけでもないよね？　なのに、そんなに自由に動き回ってて大丈夫なの？」

主《あるじ》のいない契約獣《けいやくじゅう》は命令に従わされることは無い代わりに、とても立場が弱い。

アルフやフェリルのように完璧《かんぺき》な人の姿をとることができる契約獣は数が少なく、概《がい》して強い力を持つ。そんな稀少《きしょう》な存在で、誰《だれ》の庇護も受けていないフェリルは、心無い人間に狙《ねら》われる危険性があるはずだ。

リリーシャの疑問は当然だったが、フェリルに答える気配はない。

「ま、僕は色々と特別だけどさ、そんなこと、今の君が気にする余裕《よゆう》はないはずだよ？」

「……どういうこと？」

「ルクスには十一日後、どうしても外せない昼餐会《ちゅうさんかい》の予定があるんだ。それまでの十日間に令嬢教育を詰め込むんだから、君も覚悟《かくご》しておくといいよ」

「十日!?　たったそれだけで!?」

「あ、ドレスの採寸や丈《たけ》直しで半日潰れるから、正確にいえば九日半だね」

「わざわざ言い直してくれてありがとう!!　でもどう考えても無茶よそれっ!!」

「まぁ精々、歯を食いしばって頑張《がんば》るんだね～」

理不尽《りふじん》な要求に目まいがし、思わず叫《さけ》びだしたくなる。だが笑顔《えがお》のフェリルに譲歩《じょうほ》の余地は見えないし、そもそもルクスの恋人役を務めると決めたのはリリーシャだ。

一度仕事を引き受けた以上、弱音を吐《は》いている暇《ひま》など無い。

(やれるかどうかじゃない、何が何でもやるのよ!!)

リリーシャは拳《こぶし》を握《にぎ》ると、フェリルへと熱い視線を向けた。

「お願いフェリル。精一杯《せいいっぱい》頑張るから、さっそく令嬢教育を始めてちょうだい!!」

「お、いいこころがけだね。それじゃまず、王宮内の基本作法について講義しようか――」


十日で仕上げるというフェリルの言葉は、一分の容赦《ようしゃ》もなく実行されることとなった。

朝早くに起こされ、きつくコルセットを締《し》めあげドレスを着せられると、全身を侍女《じじょ》に磨《みが》き上げられる。いつもの何倍もの時間をかけて身支度《みじたく》を終えるとようやく朝食の時間だが、食堂には指導役のフェリルが陣取《じんど》っている。少しでも銀食器の扱《あつか》いを間違《まちが》えようものなら、すぐさま食事を下げられてしまうのだ。

食事を味わう余裕などなく、疲《つか》れだけが腹の底へと溜《た》まりこんでいく。

朝食が終われば、王国史の勉強に詩の暗唱。頭がゆだってきたところで、今度は令嬢らしい礼儀作法を骨の髄《ずい》まで叩《たた》きこまれる。夕食を取るころには疲れ果てるも、座学の資料と称《しょう》し分厚い書籍《しょせき》を何冊も与《あた》えられ、翌日までに目を通しておくように命令され――

「はぁ…………。貴族ってのも楽じゃないのね」

どんよりと濁《にご》った眼で、リリーシャは深いため息をついた。

ため息につられ背中が丸まりかけるが、ぐっとこらえ、背筋を伸《の》ばしたまま維持《いじ》する。

――令嬢教育が始まってから、今日で四日目の昼だ。

フェリルは用事があるようで屋敷を離れていたが、リリーシャに休息は許されていない。令嬢らしい美しい立ち姿と歩き方ができるよう、自主練習を言いつけられていた。

「踵《かかと》は大きく床《ゆか》から外さず、腰《こし》は揺《ゆ》らさず、上半身を揺らさないようにして、っと」

教え込まれた内容を暗唱しつつ、ゆっくりと歩きはじめる。

優雅《ゆうが》かつ柔《やわ》らかに。ドレスのすそを乱すことなく、水面を滑《すべ》るようにしずしずと。

言うのは簡単。身につけるのは難しい。それこそ本物の貴族令嬢であれば、幼いころから数年がかりで習得するものだ。それを急ごしらえで仕上げようと言うのだから、リリーシャの全身は悲鳴をあげっぱなし。泥《どろ》のような疲労《ひろう》が体の奥にわだかまっている。

姿勢が崩《くず》れていないか確認《かくにん》しようとし、鏡の中の自分と目があった。

「酷《ひど》い顔」

鏡は全身を映すほどに大きく、曇《くも》り一つない高級品だ。しかしそこに映った自分は、どうしようもなくみすぼらしい。丹念《たんねん》に化粧《けしょう》をほどこされても目の下の隈《くま》は隠《かく》し切れていない。美しいドレスに包まれていても、その中身は歩き方さえままならない小娘《こむすめ》だ。

「……場違《ばちが》いね、私」

言葉にすると、一気に気分が落ち込んだ。

詐欺《さぎ》同然の手口にのせられたとはいえ、ルクスの恋人役《こいびと》となることを決めたのは自分だ。手を抜《ぬ》くつもりはないが、覚えるべき事柄は膨大《ぼうだい》で、期限はすぐそこに迫《せま》っている。

一人になるとつい、焦《あせ》りや虚《むな》しさを感じてしまうのだった。

（こんな時は、ニノがいてくれたらいいのだけど……）

ニノの柔らかな体を撫《な》でていれば、たいていの嫌《いや》なことは忘れられるし、癒《いや》される。

だがニノは初めての屋敷の探索《たんさく》に夢中なのか、ここのところは姿が見えないことが多い。

「ニノ、今どこにいるのかなぁ」

「ちぃ？」

「……へ？」

ニノを思うあまり幻聴《げんちょう》を聞いてしまったのかと思ったが、違う。

細く開けておいた扉から、小さな金茶の頭がのぞいていた。

「よかった、ニノ。こっちにきて、撫でさせ……って、あれ？」

ニノの後ろで飛び跳《は》ねる黒い毛玉を見て、リリーシャは目を丸くした。

「ニノ、その子、どうしたの？」

毛玉の正体は、短い足と小ぶりの翼《つばさ》を持った、《黒雀《シュバシュペル》》という小鳥の姿をした契約獣《けいやくじゅう》だ。

さして珍《めずら》しい種類の契約獣ではないが、ここは契約獣嫌《ぎら》いのルクスの屋敷。敷地《しきち》内に、ニノ以外の契約獣はいないと聞いていた。

「あなた、ここに迷い込んできちゃったの?」

黒雀の前にしゃがみ込み、声を落ち着け話しかける。

黒雀は飛び跳ねるのをやめると、つぶらな瞳《ひとみ》でうかがうようにこちらを見つめてきた。

「大丈夫《だいじょうぶ》、心配しないで。私はあなたを傷つけるつもりは無いわ」

柔らかい声音《こわね》を意識し黒雀に語り掛《か》ける。リリーシャはそのままニノへと腕《うで》を伸ばすと、その背中を撫でまわし、指先で耳の後ろを掻《か》いてやった。

ニノが心地《ここち》よさそうに甘え鳴きをする。それを見た黒雀が、ゆっくりとリリーシャに近寄り、嘴《くちばし》を擦《す》り寄せてきた。

(よし。とりあえず信用してもらえたみたいね)

黒雀の頭を撫でてやりながら、小さく会心の笑みを浮《う》かべる。

いきなり黒雀に触《ふ》れようとしても、逃《に》げられてしまっただろう。だが幸い、黒雀はニノと一緒にやってきて仲が良さそうだった。

ならば、先にニノとリリーシャとの信頼《しんらい》関係を見せれば黒雀も警戒心《けいかいしん》を解いてくれるかもと思ったのだが、どうやら正解だったらしい。

(懐《なつ》いてくれて嬉《うれ》しいけど、この子いったい、どこから入り込んだんだろう……)

不思議に思っていると、ドレスの裾《すそ》をくいくいとニノが引っ張る。

ニノはじっとリリーシャを見つめると、扉《とびら》の隙間《すきま》をすり抜け、室外へと飛び出してしまった。

「ニノ、どうしたの？　待ってよ」

みだりに屋敷《やしき》内を出歩かないよう言われているが、ニノの行動は気になる。それに黒雀のことについて、ルクスに会って相談したかった。

黒雀を肩《かた》の上にのせ、ニノの背中を追いかけ始める。

階段を降り、廊下《ろうか》を進むと、屋敷の中央にある中庭に出た。

ドレスが汚《よご》れないよう気をつけて芝生《しばふ》の上を行くと、庭の一角に植えられた樹の上に、鳥形と猫形《ねこがた》の契約獣がいるのが見えた。

二体の契約獣は毛を逆立て威嚇《いかく》してきたが、黒雀が枝の上に飛び乗り近づくと、少しだけ態度を柔らかくした。

その様子をじっと動かず観察していると、ふいに背後から人の気配を感じる。

「あ、おまえたち、そんなところにいたのか!!」

騒々《そうぞう》しい足音と共に、従僕の青年が駆《か》け寄ってくる。

彼は契約獣たちを睨《にら》みつけていたが、リリーシャの顔を見るなり慌《あわ》ててかしこまった。

「お騒《さわ》がせしてすみません、お嬢様《じょうさま》」

ルクスの恋人の貴族令嬢、ということになっているリリーシャに、従僕は丁重《ていちょう》なお辞儀《じぎ》を捧《ささ》げた。慣れない扱いに戸惑《とまど》うが、ひとまず彼に事情を聞いてみることにする。

「この契約獣《けいやくじゅう》たちは、元々この屋敷で暮らしている子たちなんですか？」

「いいえ、違《ちが》います。ルクス殿下《でんか》が、一月ほど前に急に引き取ってきたんです」

「殿下が？　殿下は契約獣のこと、お嫌《きら》いなはずですよね？」

「詳《くわ》しい事情は聞いておりませんが、お仕事の一環《いっかん》のようです。私どもは契約獣の世話を命じられていたのですが、契約獣が用意された部屋から抜け出すので困っていたのですよ」

従僕は悔《くや》しそうに言うと、憎々《にくにく》しげに契約獣たちを見上げた。

契約獣たちも彼にうなって険悪な雰囲気《ふんいき》だが、その場を動く気配は無い。

（どうしてこの子たち、この屋敷から逃げ出さないんだろう）

契約獣たちが本気で屋敷から脱走《だっそう》するつもりなら、とっくに姿を消しているだろう。

なのにこの場に留《とど》まっているということは、目的は別にあるはずだ。

「契約獣たちの世話ですが、どんな風にしているんですか？」

「使っていなかった一室を開放し、そこに寝床《ねどこ》となる毛布や止まり木を設置してあります」

「え、一部屋しかないんですか？」

「夜会もとりおこなえる広い部屋で、食料も十分に与えております」

「広さや食事は十分でも、それじゃ喧嘩《けんか》しちゃいますよ」

「どうしてです？　特別仲の悪い種族はいませんよ？」

「それだけじゃ駄目《だめ》です。種族間の相性《あいしょう》が問題なくても、それと一体一体の相性は別です」

契約獣にだって好き嫌いはあるし、嫌いな相手と一緒《いっしょ》にされれば負担がかかる。

そんなこと、契約獣と接していればすぐにわかるはずだが、なにせこの屋敷の主《あるじ》のルクスは大の契約獣嫌いだ。使用人たちも、まともに契約獣に触れたことが無かったのだろう。

そのことについて説明すると、従僕が納得《なっとく》の表情を浮かべた。

「なるほどそうだったのですか。それではさっそく、もういくつか部屋を用意してみます」

「お願いします。けどそちらだけでは、契約獣同士の相性を見抜《みぬ》けず、部屋割りが上手《うま》くいかないかもしれません。できたら、私にもお手伝いさせて貰《もら》えませんか？」

「お気持ちは嬉しいですが、お嬢様の手を煩《わずら》わせるわけには――」

「おい、そこで何をしている？」

「殿下‼」

聞き覚えのある冷ややかな声に振《ふ》り向く。不機嫌《ふきげん》そうなルクスが歩み寄ってきた。

ルクスは従僕から手短に事情を聞きだすと、リリーシャへと向き直った。

「今回の件におまえは関係ない。さっさと部屋に戻《もど》れ」

「なんでよ？　私以上に契約獣に詳しい人、この屋敷にはいないでしょう？」

「だがそれはおまえの仕事じゃない。第一おまえは、色々と忙《いそが》しいだろう？」

暗に令嬢修業《しゅぎょう》について指摘《してき》され、リリーシャは言葉に詰《つ》まった。

「おまえは自分の役割を果たせ。勝手に出歩くなと言っておいたはずだよな？　これからは専属の侍女《じじょ》をつけるから、部屋で大人しくしておけ」

言い捨てたルクスは踵《きびす》を返すと、振り返りもせず歩き始めてしまう。

このままでは自室から出ることを完全に禁止され、契約獣たちに不自由な思いをさせたままになるかもしれない。

そんなのは嫌だと、リリーシャは覚悟《かくご》を決め動き出した。

「お願い待って！　話を聞いてっ‼」

ルクスに駆け寄り、引きとめようとその肩を摑《つか》む。

「……何をする」

間近から、険悪に低められた声が聞こえた。

「契約の件があるから俺に触れるなという約束、もう忘れたのか？　さっさと離《はな》れろ」

「あ、ごめんなさい。でもお願い、話をさせてほしいの」

リリーシャは慌てて手を放すと、ルクスの正面へと回り込んだ。

「お願い、あの子たちが快適にすごせるよう、私に手伝わせてほしいの」

「断る。今は令嬢修業が先。少しの時間でも惜《お》しいはずだ」

「令嬢修業を疎《おろそ》かにするつもりは無いわ」

拒絶《きょぜつ》にもめげず懇願《こんがん》すると、ルクスの眉根《まゆね》が寄った。

「おまえが契約獣好きとはいえ、あいつらとは初対面だろう？　なのに、なんでそんなにこだわるんだ？」

「私と同じだからよ」

「同じ？」

「そうよ。あの子たちはこの屋敷にやってきて、まだ一月ほどって聞いたわ。慣れない場所で、気の許せない相手と一緒の部屋に入れられて、すごく心細かったと思うの」

契約獣たちの境遇《きょうぐう》は、屋敷で令嬢修業をさせられている自分と、とてもよく似ている。

彼らの不安を完全に無くすことは無理でも、少しくらいは居心地《いごこち》のいい環境《かんきょう》を提供できるよう手伝いたかった。

「あの子たちが部屋から逃げ出したのは、きっと不安や不満を訴《うった》えたかったから。だから放《ほう》っておきたくない、力になりたいのよ――――お願い」

精一杯《せいいっぱい》の思いを込め、言葉にのせる。

じっとルクスを見つめると、根負けしたのかふいと視線をそらされてしまった。

「そこまで言うならやってみればいい。ただし、もし令嬢修業に支障があれば、即刻《そっこく》打ち切らせるからな」

「ありがとうっ!!」

「っ!!　このっ、抱《だ》き付くなっ!!」

「わっ、ごめんなさいっ!!」

願いを聞いてもらえた喜びのあまり、うっかり抱き付いてしまっていた。

リリーシャは慌てて身を離すと、そのまま向きを変え契約獣たちがいる木へと向かった。

ニノや黒雀にも協力してもらい、契約獣たちに話しかけ手なずけていく。

必死に、だけどどこか生き生きとした様子のリリーシャを見て、ルクスの紫水晶《アメジスト》の瞳《ひとみ》がわずかに揺《ゆ》らめいた。

「たかが契約獣のことで、あそこまで真剣《しんけん》になるのか。――――おかしな女だ」

呟《つぶや》くと、ルクスは先ほどリリーシャに掴まれた肩を見やった。

(あいつはさっき、俺の体に触《ふ》れていた。その状態で俺に命令をすれば、契約上すぐにだって願いを叶《かな》えられたはず)

それこそ、リリーシャはルクスに命令しさえすれば、この窮屈《きゅうくつ》な王宮を出ていくことだってできるのだ。なのに彼女は、それをしない。理不尽《りふじん》な環境にも音をあげることなく、愚直《ぐちょく》なまでに努力を重ね、知り合ったばかりの契約獣たちのために、自分につめよってきさえした。

「本当に変わった、馬鹿《ばか》な女だな……」

馬鹿な女、そう言いつつも、ルクスの口元にはうっすらと笑《え》みが浮《う》かんでいたのだった。

✦

視線は正面から外さず、少しだけ顎《あご》を引き、唇《くちびる》には柔《やわ》らかな笑みを。

叩《たた》きこまれた礼儀《れいぎ》作法を脳内で復唱し、リリーシャは深呼吸をした。

右足の踵《かかと》を浮かせ、一歩、二歩、三歩。絨毯《じゅうたん》を踏《ふ》みしめ、ドレスの裾《すそ》を揺らさないよう歩みを進める。

フェリルのもとへと近づき、軽く腰《こし》を折ってお辞儀《じぎ》をする。

ゆっくりと三秒数えて頭をあげると、乾《かわ》いた拍手《はくしゅ》の音に出迎《でむか》えられた。

「うん、まぁ合格かな。歩き方や礼儀作法については、多少マシになったみたいだね」

フェリルの言葉に安堵《あんど》と達成感を覚え、リリーシャは胸をなで下ろした。

必死に令嬢修業を続け、今日で八日目。

なんとかフェリルのお眼鏡にかなうところまで仕上げることができたようだ。

「それにしても、君も頑張《がんば》ったねぇ。最初の様子じゃ、十日でなんてとても無理だと思ったのに、追い詰められないと実力を発揮できないタイプなの？」

「違うわ。あの子たちのおかげで、自分のペースを取り戻せたの」

リリーシャは笑うと、部屋の隅《すみ》でじゃれあっている、ニノと黒雀に目を向けた。

屋敷《やしき》の契約獣《けいやくじゅう》の世話に関《かか》わるうち、リリーシャは黒雀ら契約獣に懐《なつ》かれた。

「私ね、お母さんが魔術師《まじゅつし》だったから、小さい頃《ころ》は、家の中でたくさんの契約獣たちと暮らしてたの。その頃に戻ったみたいで懐かしかったし、気分転換《てんかん》にもなったのよ」

「ふーん。ま、人間そんなものかもね。終わり良ければ全《すべ》て良しって言うし、ルクスの方も君の頑張りは認めてるみたいだ。今日の夜、また『ご褒美《ほうび》』をあげるって言ってたよ」

にやにやしながら話すフェリルに、リリーシャは盛大《せいだい》に顔をしかめた。

「また『ご褒美』？　あんなの、ただの嫌《いや》がらせよ……」

思い出す。二日前、リリーシャは死に物狂《ぐる》いでその日の課題をこなし終え、ぐったりといすに座りこんでいた。そんなリリーシャに、ルクスは『褒美をやろう』と言ったのだ。

しかし与《あた》えられたのは――

「山よ山!!　本の山!!　『おまえは勉強熱心だな。おまえがもっと賢《かしこ》く令嬢《れいじょう》らしくなれるよう俺も心から応援《おうえん》しているぞ』って何よそれ。私にとっては全然ご褒美じゃないわよ!!」

目の前に積み上げられた、無慈悲《むじひ》なまでの本の数々。圧倒《あっとう》的なその質量に、軽く目まいがしたのを覚えている。

「えー贅沢《ぜいたく》だなー。ルクスのくれるものなら何だってありがたいじゃないか」

「ルクス信奉《しんぽう》者のあなたと一緒《いっしょ》にされたくないわ」

「僕のルクスへの愛は何よりも深いんだ。君ごときじゃ、百年たっても敵《かな》わないだろうね」

「敵わなくても結構よ。私、ルクスには嫌《きら》われてるもの。ルクスだって、嫌いな相手に好かれても迷惑《めいわく》なだけでしょう」

「君、そこまで嫌われてはいないと思うけど？　ルクスが本気で嫌ってる場合、虫けらみたいに見下すだけだからね。ほんと、あの視線にはゾクゾクするよ」

「……生々しい実話をありがとう」

「あはは、引いちゃった？　ま、ルクスなりに君に期待してるのは本当だと思うよ？　君がボロを出せば、ルクスだってただじゃ済まないんだからね。礼儀作法は形になったけど、まだ知識面に不安があるから、せいぜい復習しておくんだね」

フェリルは手を振《ふ》ると、軽《かろ》やかな足取りで隣室《りんしつ》へと消えていった。

気がつけば、すでに窓外の陽《ひ》はかげり、夕闇《ゆうやみ》の気配が迫《せま》ってきている。リリーシャは重い体を引きずると、壁《かべ》に取り付けられた燭台《しょくだい》へと火を灯《とも》した。書棚《しょだな》から何冊か本を引き出し、机の上へと置く。

(昨日やった部分のおさらいをして、『王宮儀礼目録《おうきゅうぎれいもくろく》』の第四章の内容を覚えて、……それに今日こそは、こっちの本も読みたいわね)

手に取ったのは、高名な魔術師によって記された、契約魔術についての考察本だ。

(魔術についてはルクスの方が詳《くわ》しいだろうけど、忙《いそが》しそうだからなぁ。私にもっと、契約魔術の解呪《かいじゅ》について調べる時間があればいいんだけど)

そもそもリリーシャがこの屋敷に滞在《たいざい》することになったのも令嬢修業《しゅぎょう》で苦労しているのも、全ては契約魔術のせい。ルクスから離れられないのが原因なのだ。

人間同士が契約で結ばれた、などといった話は聞いたことも無かったが、書物をひも解けば何か糸口が見つかるかもしれない。

（無駄《むだ》な努力かもしれないけど、やらないよりはずっとマシよね。そのためにも早く令嬢らしい教養を身に着けて、少しでも時間を作らなきゃ……）

椅子《いす》にしっかりと座り直し、『王宮儀礼目録』の表紙を開く。揺れる火影《ほかげ》を頼《たよ》りに黙々《もくもく》とページを繰《く》り、手元に広げた紙へ書物の要点を書き写しまとめていく。羽ペンの擦《こす》れる音と紙の触《ふ》れ合う音だけが、静寂《せいじゃく》の底へと降り積もっていった。

それから、どれ程《ほど》の時間が経《た》ったころだろうか。

「――なかなか捗《はかど》っているようだな」

「わっ⁉」

頭上から降ってきた声に、慌《あわ》てて本から顔をあげた。

「ルクス‼」

「驚《おどろ》かせて悪かったな。扉《とびら》を叩いても返事が無かったから、勝手に入らせてもらったぞ」

集中しすぎて、ルクスが背後に近付いてきていても気づかなかったらしい。

ルクスはリリーシャの背中越《ご》しに、じっと机の上をのぞきこんだ。

「この手書きの内容、全部おまえ一人でまとめたのか？」

「そうよ」

「ふぅん。なかなかだな」

満足げに息をつき、ルクスが目元を和《やわ》らげた。

紫《むらさき》の瞳に燭台の灯《ひ》が映りこみ、柔らかな輝《かがや》きとなって揺れている。

（ルクスが褒《ほ》めてくれた……!?）

頑張りが認められ、驚きと共に胸が小躍《こおど》りする。嬉《うれ》しかったが、初めて見る穏《おだ》やかなルクスの瞳がどこか気恥《きは》ずかしく、落ち着かなくなってしまう。

「あ、ありがとう。それで一体、私に何の用なの？」

「聞いていないのか？　約束どおり、『ご褒美』を持ってきてやったんだ」

「うげっ」

『ご褒美』の一言に、浮《うわ》ついていた心が一気に叩き落とされる。暗澹《あんたん》とした気持ちで背後へと振り返る。しかしルクスは手ぶらで、何も書籍《しょせき》の類《たぐい》は見当たらなかった。

「あれ、『ご褒美』は？」

「そう急《せ》かすな。ほらこれだ」

ルクスは上着の内側に手を差し込むと、細長い封筒《ふうとう》を取り出した。

「おまえあての手紙だ。読んでみろ」

恐《おそ》る恐る封筒を受け取る。封筒の表面に差出人の名前は無い。

封蠟《ふうろう》をはがし開封する。中に一枚の便箋《びんせん》が入っており、なじみ深い筆跡《ひっせき》が並んでいた。

「アルフ⁉」

食いつくように文面を読み進める。書き連ねられた言葉は、リリーシャの安否を気遣《きづか》い励《はげ》ますもの。文章越しにアルフの温かな心が流れ込み、リリーシャの心は解きほぐされていった。

便箋を握《にぎ》りしめ温《ぬく》もりに浸《ひた》るリリーシャに、ルクスは満足げな笑《え》みを浮《う》かべた。

「どうやらその様子だと、内容はいいものだったらしいな」

「ええ。ありがとう。でもどうしてこの手紙を持ってこられたの？　うっかり私の正体がバレたらマズイからって、王宮外とのやり取りはできないって言ってたわよね？」

「伝手《つて》を辿《たど》って、送り主を隠《かく》して配送できる道筋が見つかったんだ。だからお前に聞いていた住所に手紙を送ってみて、無事に返信が貰《もら》えるか試《ため》してみたんだ」

「そうだったの。でもあらかじめ教えてくれたら、私が直接手紙を書いたのに」

「問題無く届くかどうか保証はできなかったからな。………無駄に希望を持たせて失敗したら嫌だったんだ」

そんなの恰好《かっこう》がつかないからなと、ルクスは鼻をならし視線をそらした。

（そ、そんな理由……？　でもそれって私を落胆《らくたん》させないよう、思いやってくれたってことでもあるのよね？）

目をそらしたのは、照れ隠しだったのだろうか？　意外に子供っぽい仕草が少しだけおかしく、リリーシャの頬《ほお》が自然と緩《ゆる》んだ。

「ありがとう。アルフからの手紙が読めてすごく嬉しいわ」

素直《すなお》に感謝の気持ちを伝えると、ルクスはこちらを横目に見て小さく呟《つぶや》いた。

「悪かったな」

「へ？　なんでルクスが謝るの？」

「おまえはたまたま召喚《しょうかん》魔術に成功し、偶然《ぐうぜん》俺と契約を結んだだけ。そう言っていたな」

「そうだけど、今更《いまさら》それがどうしたの？」

「俺はおまえの言い分を信じていなかった。どうせおまえは俺を陥《おとしい》れようとする貴族のまわしもので、召喚と契約についても何かからくりがあって、嘘《うそ》をついていると考えていたんだ」

ルクスの突然《とつぜん》の告白に、リリーシャはどのような表情を浮かべればいいか迷った。

「私が怪《あや》しいのはわかるし、しょうがないけど……。その疑い、今はもう晴れたのよね？」

「あぁ。間諜《かんちょう》として潜《もぐ》り込んだなら出来る限り目立つ行動は控《ひか》えるはずだ。なのにおまえは、堂々と俺に意見し、何の得にもならない契約獣たちの世話役を買って出た。それさえも間諜としての演技ならたいした女優だが、そうではないのだろう？」

「まさか。私はただ自分がやりたいから、あの子たちに関わっただけよ」

「だろうな。数日間行動を観察して、フェリルの報告を聞いてもおまえに怪しいそぶりは無かった。おまえはどう見てもただの巻き込まれた人間。裏も表も無いド平民だとわかった」

「ド平民……」

「そう。おまえは貴族や王宮などに縁《えん》の無い、根っからの町娘《まちむすめ》だ。そんなおまえに突然貴族令《れい》嬢《じょう》として振《ふ》る舞《ま》えなどと言ってしまい……すまなかったな」

ルクスはリリーシャを見《み》据《す》えると、今度は視線をそらさずしっかりと謝った。

「……別にいいわよ。貴族令嬢のフリをしなきゃ、王宮にいられないのは事実だもの」

思いがけず殊勝《しゅしょう》な態度のルクスに調子が狂《くる》う。

リリーシャにとってルクスは、上から目線で理《り》不《ふ》尽《じん》な要求を迫ってくる人間だった。だがルクスの方も、信じられない事態の連続に驚き、疑《ぎ》心暗鬼《しんあんき》になっていただけかもしれない。

リリーシャへの当たりが強かったのも、きっと警戒心《けいかいしん》の表れだったのだろう。

そう思ってルクスの行動を振り返れば、以前『ご褒美《ほうび》』として与《あた》えられた書物も、リリーシャの勉強が少しでもはかどるようにという、彼なりの罪滅《つみほろ》ぼしだったのかもしれない。

(書物を選ぶのにだって時間がかかるし、どの本もわかりやすいものばかりだったものね)

「ルクスのくれた本、読みやすくてためになったわ」

「ふん、俺が選んでやった本なんだ。当然だろう」

礼を述べると、先ほどまでの神妙《しんみょう》な面持《おもも》ちはどこへやら。ルクスはたちまち、高慢《こうまん》な態度を取り戻《もど》してしまった。

（もぅ、なんでそんなに偉《えら》そうなのよ。でも………）

下手に罪悪感を感じて殊勝になられるより、これはこれでルクスらしいのかもしれない。

「本は助かったけど、その、これからは本を『ご褒美』って言って渡《わた》すのはやめてね？　ありがたいんだけど、ややこしいというか。ほら、今日みたいに本当にうれしい『ご褒美』を貰える時にも、思わず身構えちゃうというか………」

「心配するな。おまえに渡した本とフェリルのスパルタ教育のおかげで、王宮で過ごすための基礎《きそ》知識はほぼ全《すべ》て網羅《もうら》できる。これ以上追加で本を渡すことは無い」

「良かった!!　それなら今ある本、早く読んで頭に入れちゃわないとね」

気合いを入れ直し机上の書籍へと手をかけると、手元に真新しい便箋が差し出された。

「何よこれ？」

「せっかく自宅からの手紙を届けてやったんだ。返信を書いておけ」

「え、いいの？　そんなに簡単に王宮の外と手紙のやり取りはできないでしょぅ？」

「あぁ、そうだ。だからこれは特別、人参《にんじん》のようなものだ」

「『人参』？」

「馬にも人参。重い積み荷を曳《ひ》く馬車馬だって、わかりやすい褒美があればやる気が出るだろう？」

「馬車馬………」

「おまえが予定通り、明後日《あさって》までに令嬢修業《しゅぎょう》を一通り終えることができたら、その手紙を俺が責任を持って届けてやる。せいぜい勉強に励むといい」

もし勉強が遅《おく》れれば、容赦《ようしゃ》なく手紙の権利ははく奪《だつ》するからな。

そう言い切ると、ルクスは素早く身をひるがえし部屋を退出していってしまった。

「……もぅ、何よ。泥棒猫《どろぼうねこ》の次は馬車馬？　ルクスもフェリルも、本当に失礼しちゃうわよね」

文句を言いつつも、リリーシャの口元はゆるんでいた。

人を馬車馬にたとえるのはどうかと思うが、手紙の件はリリーシャを思いやってのことだ。あれもきっとルクスなりの励ましで、照れ隠しでもあるのだろう。

「ルクスって口は悪いし素直じゃないけど、そんな悪い人じゃないのかも？」

「ちぃ？」

独り言のつもりだったが、合いの手をいれるようにニノが鳴き声をあげた。

ルクスの気配を察して寝台《しんだい》の陰《かげ》に隠れていたが、リリーシャの様子が気になり出てきたようだった。

「ニノ、喜んで!!　アルフに手紙が出せるのよ」

「ちぃちぃ!!」

やったね!!　と言うように鳴くニノを撫《な》でると、リリーシャは便箋を手に取った。

右手で上質な紙の触《さわ》り心地《ごこち》を感じつつ、左手で机の引き出しを開く。
ルクスの励ましに応《こた》えるためにも、今は令嬢修業の知識を身に着けるのが先だ。
リリーシャは便箋を引き出しの奥にしまうと、黙々《もくもく》と勉強を再開したのだった。

第三章　偽りを秘《ひ》めて百合は咲き

「う、うぅ……あ、頭が割れそう……」

ガラガラと響《ひび》く車輪の音が、勉強で寝不足《ねぶそく》気味の頭をかき乱す。

馬車の座席にもたれかかったリリーシャは、ぐったりしてため息をついた。

今日は約束の十一日目。ルクスが呼ばれている昼餐会《ちゅうさんかい》に付き従うため、リリーシャが屋敷《やしき》の敷地外に出る初めての日だ。

(それにしてもまさか、王宮内での移動に馬車を使うことになるなんてね)

王宮の内部は、町一つ入るほどに広大だった。

ルクスの仕事場があり、国政の中枢《ちゅうすう》でもあるグリューデンブルグ宮殿《きゅうでん》。王宮の端《はし》に位置するルクスの屋敷からは、歩きではそれなりの時間がかかる距離《きょり》だった。

(そもそもグリューデンブルグ宮殿が遠いせいで、私が令嬢教育を受ける羽目になったのよね)

フェリルのしごきを思い出し、げっそりとする。

ルクスは以前リリーシャが気絶している時に、どれほど離《はな》れることができるか試《ため》したらしい。

その結果、屋敷からグリューデンブルグ宮殿への道の半ばほどで限界が訪《おとず》れたと言う。

それでは仕事に出ることもできないからと、リリーシャを連れ歩く必要が出て来たのだった。

（……そういえば、今頃《いまごろ》はアルフのもとに手紙は届いているのかしら）

少しでも気分を紛《まぎ》らわそうと、意識を王宮の外へと向ける。

約束通り、ルクスは昨晩手紙の配達を手配してくれた。何も問題が発生していなければ、今朝早くに自宅に届いているはずだ。

馬車の窓から自宅のある方角を眺《なが》めていると、向かいの席からルクスの咳払《せきばら》いが聞こえた。

「おまえ、本当に大丈夫《だいじょうぶ》か？　くれぐれもさっきの独り言のような、死にそうな声で人前でしゃべるなよ。病《や》み上がりという設定で誤魔化《ごまか》すにしても限度があるからな？」

心配二割、嫌《いや》みと念押しが八割といったルクスの言葉に、リリーシャは緩《ゆる》く口角をあげた。

「あら、心配していただかなくても結構ですわ。私、ルクス殿下の恋人《こいびと》として、いつだって殿下にふさわしい姿であるよう、精一杯《せいいっぱい》努力しておりますから」

ガラリと口調を変え、扇《おうぎ》を口元へと添《そ》え微笑《ほほえ》んだ。

病弱なため屋敷に閉じ込められて育った、とある子爵令嬢《ししゃくれいじょう》。箱入《はこい》り娘《むすめ》のため貴族社会の礼儀《れいぎ》作法にはやや疎《うと》いが、清廉《せいれん》な心根で王子の心を射止め、その寵愛《ちょうあい》を受けた娘――それが今回リリーシャに与えられた設定だ。

「女というのは化ける生き物だな、わが愛《いと》しの《百合《ゆり》の君》」

「女だからでは無く、愛しい愛しい殿下のお仕事のためですわ」

リリーシャは笑《え》みを深めると、自らの耳の上、髪《かみ》にさされた宝石へと手を伸《の》ばした。

（それにしても、百合の君ねぇ）

指先で、宝石と銀細工で白百合を象《かたど》った髪飾《かみかざ》りにそっと触《ふ》れる。

身分をいつわることとなったリリーシャだったが、実在の子爵家の名を騙《かた》るのはまずい。

そこでルクスの正式な婚約《こんやく》者ではなく、あくまで秘密の恋人、家名も本名も明かさない、通《つう》称《しょう》百合の君という設定で押し通すことにした。

秘密の恋人。なのに、堂々とルクスと王宮を歩きまわる。そんな矛盾《むじゅん》した設定で大丈夫なのかという心配はリリーシャの、つまりは町娘のとり越《こ》し苦労らしい。

王侯《おうこう》貴族にとって、婚姻《こんいん》とは家を富ませるための手段であり、責務である。それゆえ家の取り決めた婚約者以外の異性との関係――恋愛《れんあい》が、一種の遊戯《ゆうぎ》として成立するらしい。後腐《あとくさ》れのないよう、身元を偽った秘密の恋人など珍《めずら》しくないというのだった。

（いくら秘密の恋人だからって平民じゃダメだからと修業をさせられたけど、ほんっと王族や貴族ってよくわからないわね………）

考えながら窓の外を見ていると、流れゆく景色が速度を落としていくのがわかる。

ガタンと大きな音を立て、馬車の振動《しんどう》が止まった。いよいよ宮殿に到着《とうちゃく》したようだ。深呼吸をしたリリーシャだったが、目の前にルクスの右手が差し出され、固まってしまう。

右手の意図を測りかね戸惑《とまど》っていると、ルクスが強引《ごういん》にリリーシャの手をとった。

「何するの？　私、ルクスの体に触れたら、罰金《ばっきん》として百マルツって言われてたわよ？」

「口調。素《す》にもどってるぞ」

「……やんごとなき御身《おんみ》に触れるなど、私には恐《おそ》れ多いのですが」

「演技のためだ。今から恋人のふりをするんだぞ？　手の一つも繋《つな》いでエスコートしてやらなければ不自然だ。おまえも人目のある場所なら、さすがに馬鹿《ばか》な命令を出したりはしないだろう？」

「わかりましたわ」

手袋《てぶくろ》に包まれた左手を、そっとルクスの掌《てのひら》に載《の》せ直す。

口調とは裏腹に、ルクスの手つきは優《やさ》しい。

硝子《ガラス》細工を扱《あつか》うように丁寧《ていねい》に指を握《にぎ》られ、少しだけくすぐったかった。

(指、長い……それに掌も大きいわ)

自分とは違《ちが》い男性らしい手を見つめていると、ルクスがけげんそうに声をあげた。

「動きが止まったが、大丈夫か？」

ぎゅう、と。ルクスの指が、強くリリーシャの指を握った。

「――――っ!?」

「緊張《きんちょう》して黙《だま》り込むのもわかるが、心配するな。俺を頼《たよ》ればいい」

もう一度、リリーシャの指を強く握ったルクスは、

「なんせ俺は、おまえの『恋人』なんだからな」

艶《あで》やかに、それでいて悪戯《いたずら》っ子のように笑った。

「わ、わかっていますわよ。頼りにしてますわ、殿下」

ルクスの手に見とれていましたと、そう素直に告げることもできず誤魔化すと、妙《みょう》に心臓の鼓《こ》動《どう》が速く、頬《ほお》が熱くなった。

「わかればいい。いくぞ」

ルクスが馬車の内壁《ないへき》を軽く叩《たた》き、御者《ぎょしゃ》へと指示を出す。忠実な御者の手により、すぐさま馬車の扉《とびら》が開かれ、外の光が流れ込んできた。

(眩《まぶ》しいっ!!)

馬車の外には、降り注ぐ日差しと、陽光を反射する白亜《はくあ》の王宮がある。しかし何よりもリリーシャを圧倒《あっとう》したのは、馬車の前に勢ぞろいした、豪華《ごうか》絢爛《けんらん》な紳士《しんし》淑女《しゅくじょ》の集団だった。

(十万マルツ、いえ二十万マルツ？　あの人たちの服飾《ふくしょく》品だけで、家が何十軒《けん》たつかしら……

…)

美しく着飾った彼ら彼女らの関心は、全《すべ》てリリーシャ達へと向けられている。ルクスに手をとられ馬車から降りると、途《と》端《たん》に数十人分の視線が突《つ》き刺《さ》さった。

「……よし、これだけ観客がいれば充分《じゅうぶん》だな」

観客？　ルクスの声をいぶかしむ間もなく、繋いだ手を強い力でひかれる。

驚《おどろ》いてバランスを崩《くず》す。ルクスの胸板《むないた》へ倒《たお》れこむと、上から心配そうな声が降ってきた。

「大丈夫かい、百合の君」

自分で転ばせておいて何を言っているのよ——そう怒《おこ》りかけたリリーシャだったが、

（…………だ、誰《だれ》よ、この人）

とろけるように甘い、別人のような微笑みを浮《う》かべたルクスを見、絶句する。

先ほど女は化けると言われたが、猫《ねこ》の被《かぶ》りっぷりはルクスの方が何倍も上だ。

「い、いぇ、日差しが強かったので、少し目がくらんだだけですわ」

「日差し？　君の思いやりは素晴らしいが、正直に私を頼ってはくれないかな？」

「正直に？　私は何も嘘《うそ》などいっておりませっ⁉」

優しく、だが強引に、ルクスの胸へと抱《だ》き寄せられる。

（はい⁉）

混乱する頭に、「あの殿下が躊躇《ちゅうちょ》なく抱擁《ほうよう》を⁉」と、驚きの声が聞こえた。

「君は優しいが恥《は》ずかしがり屋だ。わずらわしいのは日差しでは無く、ぶしつけに眺める観客の視線に身がすくんでしまったのだろう？　これは私の失態だ。君の姿を見れば、誰もが目を離せなくなると、誰よりも知っていたはずだからね」

ルクスはリリーシャのあごに手をかけると、熱っぽい目で見つめてきた。

演技だとわかってなお、騙《だま》されそうになってしまうほどルクスの視線は情熱的だ。

「……私ごときに、そのような価値はありませんわ」

「ふふ、君の謙虚《けんきょ》さは美徳でもあるが、私にはいささか悩《なや》ましいな。君は私にだけ、その愛らしい笑顔を見せてくれればいいんだ。さぁ、いこう」

促《うなが》され、王宮の入り口へと歩き始める。野次馬たちもルクスの機嫌《きげん》を損《そこ》ねることを恐れてか、気安く近づくこともできないようだった。

(つまり恋人《わたし》を心配してるフリで溺愛《できあい》ぶりを見せつけて、周りを牽制《けんせい》しようってこと?)

狙《ねら》いはわかるが、演技をするならあらかじめ教えておいてほしかった。

リリーシャの不満な気持ちが伝わったのか、そっとルクスが耳打ちしてきた。

「おい、今は無駄《むだ》なことを考えるな。しっかりと足を動かせ」

間近に落ちた不機嫌《ふきげん》な低音の呟《つぶや》きに、思わずルクスの顔を見上げる。

(わ、笑ってる。顔は笑ってるのに、なんであんな声が出せるのよ……)

客商売に慣れたリリーシャだって、そんな芸当はできやしない。

「おおかた、俺が前もって説明をしなかったのが不満なんだろう?」

「そうよ」

声を潜《ひそ》めたルクスに、こちらも小声で返答する。

「今後のため、おまえが人前で怖気《おじけ》づかずに会話を切り返せるかどうか、試《ため》させてもらった」

「フェリルのしごきに比べれば、他《ほか》の人たちなんてそよ風みたいなものよ。まぁ、ルクスの変わりっぷりには驚いたけど、一応合格でしょ？」

「ギリギリな。これからが本番だから、気を抜《ぬ》くなよ」

「わかってるわよ。まかせておい――――」

リリーシャの呟きは、鳴り響《ひび》いた羽ばたきの音にかき消された。

気づけば、リリーシャ達がいるのは既《すで》に王宮の内部。吹《ふ》き抜け構造の高い天井《てんじょう》がある広々とした入り口の間だ。しかし室内にいながら、羽ばたきの音は、頭上から響いてきている。

（わぁ!!）

見上げた先、油彩《ゆさい》画が施《ほどこ》された天井を背景に、何羽もの鳥と獣《けもの》たちが舞《ま》っている。

瑠璃《るり》色《いろ》の翼《つばさ》ではばたく小鳥。双《ふた》つの頭と四つの瞳《ひとみ》を持つ猛禽《もうきん》。そして、背中から翼をはやした狼《おおかみ》――契約獣《けいやくじゅう》たちだ。

金銀細工の煌《きら》めく豪奢《ごうしゃ》な内装と、契約獣の雄姿《ゆうし》によって彩《いろど》られた幻想《げんそう》的な宮殿《きゅうでん》風景。

これこそが、大陸に名高い魔術《まじゅつ》国家、ヴァルトシュタイン王国の国威《こくい》を示す一端だ。

貴族たちの多くが魔術師の家系でもあり、その力を誇示《こじ》するように契約獣を連れ歩いていた。

（さっきはルクスの変貌《へんぼう》に驚いて気付かなかったけど、王宮ってたくさんの契約獣がいるのね）

初めて見る種類の契約獣たちに目を奪《うば》われていると、ふいにドレスが揺《ゆ》れたのを感じた。

隠《ポケット》しに潜ませていたニノが、くいくいと布地を引っ張ったのだ。

(どうしたんだろ。ここにいる契約獣の気配に興奮してるのかしら?)

首をかしげていると、後方が騒《さわ》がしくなった。ルクスも気になったのか、背後へと視線を巡《めぐ》らす。その一瞬《いっしゅん》、ルクスの笑顔《えがお》に亀裂《きれつ》が走ったのをリリーシャは見た。

「ルークース～」

ルクスの不機嫌の原因は、後方から声をあげてやってきた。

「フェリル?」

用事があるからと別行動をしていたはずなのに、何故《なぜ》この場にいるのだろうか。

疑問に思ってフェリルを見る。するとその後ろに、銀色の長髪《ちょうはつ》を一つ結びにした背の高い男がいるのに気が付いた。

「え?」

リリーシャにとっては見なれた、だが、決して、ここにはいないはずのその姿は。

(なんでアルフが王宮に!?)

貴族風の服装を身にまとっているが、間違《まちが》いなくアルフだ。

アルフもこちらの姿に気がついたようで、早足に距離《きょり》を詰《つ》めてくる。

「百合《ゆり》の君!!」

あともう少しで、リリーシャにアルフの腕《うで》が届くと言う時、ルクスがリリーシャを強く抱きよせた。

「彼女には触《さわ》らないでもらおう」

リリーシャの所有権を主張するかのような仕草に、アルフの瞳が剣呑《けんのん》に細められる。

「あなたの方こそ、彼女に触《ふ》れないでもらえませんか？」

「彼女は私の恋人《こいびと》だ。私には彼女に触れる権利がある」

「私にだって彼女を守る義務がある。その手を離《はな》してください」

ルクスとアルフの間に、バチバチと火花が散る。

二人とも容姿が整っているぶん迫力《はくりょく》があり、周囲の目を引きつけまくっていた。

「二人とも、どうか落ち着いてくださいませ!! 殿下《でんか》、彼は、その、私の幼馴染《おさななじ》みですの。宮中に知り合いのいない私のことを慮《おもんぱか》って、わざわざ様子を見にきてくれたのですわ」

必死にアルフに目配《めくば》せし、話を合わせてくれるよう訴《うった》える。

するとアルフはごくわずか、リリーシャにしか分からない程度に頷《うなず》いた。

「私は彼女が幼いころから、ずっとその傍《そば》で見守っていたんです。おかしな虫がつかないよう、彼女の母親から頼《たの》まれていましてね」

「ならば君の役割は終わりだ。早く帰りたまえ」

「それはできません。私が王宮を去るのは、彼女と同じ時ですから」

リリーシャを巡って口論を続ける二人の姿に、周囲の貴婦人達から、「まぁ、うらやましい」

「まるでお芝居《しばい》みたい」「お二方とも、美しいわね」と、甘いため息が漏《も》れる。

「わぁ、百合の君ってば、すっごくモテモテだね!!」

軽薄《けいはく》な声でフェリルが茶々を入れる。リリーシャは冷や汗《あせ》をかいた。

アルフの正体は隠せたようだが、周囲にはなはだしい勘違《かんちが》いをばら撒《ま》いてしまった気がする。

リリーシャ達は好奇《こうき》の視線の中、そのままアルフとフェリルを連れ、ルクスの執務《しつむ》室へと向かった。仕事を溜《た》めこんでいるルクスと別れ、その隣《となり》にある控《ひか》え室《しつ》に入る。

「アルフ!! すごくあいたかったわ!!」

アルフに駆《か》け寄り、力いっぱい抱き着く。

久しぶりの抱擁を堪能《たんのう》していると、アルフが心配そうにのぞきこんできた。

「あのルクスに何か嫌《いや》な思いをさせられなかったですか?」

「心配してくれてありがとう。私は大丈夫《だいじょうぶ》だけど、アルフの方こそどうやって王宮の中に入ってきたの?」

「あぁ、それなら僕が招待してあげたんだよ」

「えっ、フェリルが?」

「そ、僕だよ。君さ、自宅宛《あて》に手紙を書いていただろ? 君が普段《ふだん》どんな暮らしをしているか気になって、こっそり配達人の後をつけてみたんだよ」

「そんな簡単に尾行《びこう》できるものなの?」

「ルクスを陰《かげ》ひなたに見守る僕の隠密《おんみつ》力を舐《な》めないでほしい」

「舐めないわよ!! むしろ怖《こわ》すぎて震《ふる》えるわよっ!!」

手紙を送るのは機密上危ないかもと言われていたが、まさかこんな身近に伏兵《ふくへい》がいたとは。

リリーシャは頭痛をこらえるように眉間《みけん》に指をあてがった。

「フェリルの行動は分かったけど、なんでアルフは、わざわざフェリルの誘《さそ》いにのったの？」

「フェリルがいたから、です。君をフェリルの傍に一人置いとくなんて、できるわけがない」

「どうしてそこで、フェリルの名前が出てくるの？ ひょっとして知り合い？」

「……まさか」

アルフは視線をそらすと、リリーシャに言い聞かせるように語りかけた。

「フェリルから、彼が伝説の『六騎英《ろっきえい》』だと聞きました」

「え、嘘《うそ》でしょう!?」

『六騎英』。それは建国神話に謳《うた》われる、初代国王に付き従った六体の契約獣のことだ。

この国の人間の誰《だれ》もがその活躍《かつやく》を子守《こもり》歌に成長する、栄光と威光《いこう》の象徴《しょうちょう》。

その一体がフェリルだなんて、とても信じられるわけが無い。

まじまじとフェリルを見つめると、軽薄な笑いが返ってくる。

「ほんとほんと。良かったら、君向けににサインでもしてあげようか？」

「………遠慮《えんりょ》しておくわ」

とらえどころがないフェリルだが、嘘をつくことはない。

（でも、よりにもよって、憧《あこが》れの《六騎英》が変態的尾行能力を誇《ほこ》る存在だったなんて……）

幼いころの純粋《じゅんすい》な憧れを返してほしくなる。

リリーシャが脱力《だつりょく》感に苛《さいな》まれていると、アルフが話を再開した。

「伝説と言えば聞こえはいいですが、そういった存在には厄介《やっかい》な事情がつきものです。リリーシャが巻き込まれてしまうんじゃないかと、心配でたまらなかったんですよ」

「えぇ～酷《ひど》いな～。風評被害《ひがい》だよ～」

大げさに嘆《なげ》くフェリルを無視し、アルフは服の内側へと手を入れた。

「それに理由はもう一つあります。これをリリーシャに渡《わた》したかったんです」

アルフの掌《てのひら》に載《の》っているのは緑色の石と銀色の鎖《くさり》のペンダントだ。

「お母さんのペンダント!?　アルフが探して、鎖を直してきてくれたの？」

あの日森で暴漢に襲《おそ》われた際、無くしてしまったペンダント。森の中のどのあたりで落としたかもあやふやで、見つからないかもと覚悟《かくご》していたものだ。

「はい。これは大切なものです。しっかり身につけ、今度こそ手放さないでくださいね」

アルフはペンダントを手にとると、ぎゅっとリリーシャの手へと握《にぎ》りこませた。

「ありがとう、助かったわ…………」

「黙《だま》り込んでどうしたんです、リリーシャ？」

「……なんでもないわ」

契印《けいいん》のある左胸に一瞬違和感《いわかん》を覚えた気がしたが、服越《ご》しに触ってみてもこれといった異常は無い。気のせいだろうかと首を捻《ひね》っていると、フェリルがおどけた声をあげた。

「しかし君達、そうしてるとまるで恋人同士みたいだね」

「えっ?」

「ペンダントなんて渡しちゃって、手を握り合ってさ。これで甘い言葉があれば完璧《かんぺき》だね」

「そんなわけないじゃない。これ、私のお母さんの形見のペンダントよ」

「亡《な》き母親を通して深まる男女の仲。有りだと思うよ」

「無いわよ。アルフのことは大切だけど、それは家族だからだもの」

「ふーん。君から見ればそうなんだ。でもアルフの方はそうじゃないか——わっ!!」

フェリルが首をすくめると、その上を青白い火花が踊《おど》った。

アルフが紫電《しでん》をまとわせた腕を伸《の》ばし、フェリルへと狙《ねら》いを定めていた。

「危ないな～、うっかり髪《かみ》が焦《こ》げたらどうしてくれるのさ」

「王宮の名物料理は鳥の丸焼きだと聞いているのですが、どうでしょうか?」

「残念。僕は煮《に》ても焼いても食えないって、もっぱらの評判だからね」

フェリルは軽口を叩《たた》きつつも身の危険を覚えたのか、正体の鳥の姿へと戻《もど》り、窓を押し開けて外へとはばたいていった。

アルフはそれを見送ると窓を閉じ鍵《かぎ》をかけ、リリーシャへと声をかけた。

「さて、邪魔《じゃま》なおしゃべり鳥もいなくなりましたし、今度はリリーシャの方の事情も説明してもらいましょうか」

「えぇ、わかったわ。でもさっき、なんでいきなりフェリルに雷《かみなり》を向けたの？」

「ああいう輩《やから》は口を開くと長いから、適当に追っ払《ぱら》ったほうがいいんですよ」

アルフは言い切ると、窓にしっかりとカーテンを引いたのだった。


「やぁ百合《ゆり》の君、こんなところでお会いできるとは光栄ですな」

「こちらこそ。今日もお元気そうでなによりですわ、ゲルトルード伯爵《はくしゃく》」

背後からかけられた男の声に、リリーシャは柔《やわ》らかな笑《え》みを浮《う》かべ返礼をした。

ドレスの裾《すそ》をつまんで礼をしつつ、内心またこの人かと悪態をつく。

(早く図書館に行きたいのに、めんどくさいわね)

――――リリーシャが王宮で人前に出てから、十日ほど経《た》った。

王宮にも慣れてくると、一日中じっとしているのはもったいない。そのためリリーシャはルクスの仕事中、近くにある王立図書館へと足しげく通っていた。

リリーシャの目的は、契約魔術の解呪《かいじゅ》手段が無いか調べること。膨大《ぼうだい》な蔵書は魅力《みりょく》的だったが、邪魔が入ることも多い。その障害物の筆頭が、今目の前にいるゲルトルード伯爵だ。図書館への道程を先回りし、王宮の回廊《かいろう》で待ち伏《ぶ》せていたらしい。

伯爵はリリーシャの前に立つと、全身を嘗《な》め回すように見た。

「本日も麗《うるわ》しい装いですな。そのドレスは殿下《でんか》から賜《たまわ》ったもので？」

「ええ。私にはもったいないドレスですが、せっかくの贈《おく》り物ですから」

「上等の絹も、相応《ふさわ》しい女性がまとってこそ。まことに、あなたさまも罪深いお方です」

「私が？　まさか美しさは罪と、そんな陳腐《ちんぷ》な言葉を仰《おっしゃ》るおつもりで？」

「いえいえ。ただ、殿下の手で一際《ひときわ》まばゆく輝《かがや》くあなたさまを見て、かの《蒼氷《そうひょう》の君》がどう思うかと考えると、このわしの胸も痛みましてな」

「まぁ、それは大変。伯爵様のお痛みを取り除くためにも、私はよそに参りましょうか？」

わざとらしい伯爵の嘆息《たんそく》を、笑顔でリリーシャは受け流した。

蒼氷の君とは、王宮でアルフにつけられた呼び名だ。

あの日王宮にやってきて以来、アルフはルクスの屋敷《やしき》へと滞在《たいざい》していた。ルクスは初めアルフを追い返そうとしていたが、リリーシャの頼《たの》みで渋々《しぶしぶ》アルフを受け入れてくれている。アルフもあれ以来大人しく過ごしているが、いくつか小さな問題も発生した。

元々リリーシャはルクスの恋人《こいびと》として注目の的だったのに加え、『王子の寵愛《ちょうあい》を受けながらも、美しい幼馴染《おさななじ》みの青年に思いを捧《ささ》げられ、二人の愛をもてあそぶ魔性《ましょう》の令嬢《れいじょう》』と言う噂《うわさ》までてきた。貴族たちは噂の真相を探《さぐ》ろうと躍起《やっき》になっており、暇《ひま》と好奇心《こうきしん》を持て余した彼らに付き合っていてはキリが無い。

リリーシャが伯爵のもとから去ろうとすると、伯爵が慌《あわ》てて口を開いた。

「お待ちください百合の君。本日は、珍《めずら》しい南方の砂糖菓子《がし》が手に入ったのです。わしといっしょに、あちらのサロンでお茶などいかがですかな？」

「ありがたいですが申し訳ございません。私、予定がありますの」

「まさか、また図書館に？　あなたのような花のごとき令嬢が、物も言わぬ書物と時間を過ごすなど、とてももったいないことですぞ」

「病弱な私にとって書物は親しい友人です。では忙《いそが》しいので、失礼いたしますね」

ドレスを翻《ひるがえ》し背を向けるも、伯爵に回り込まれ行く手を阻《はば》まれてしまう。

「昔からの友人は得難《えがた》い宝と言いますが、百合の君の書物《しんゆう》は時間に囚《とら》われないお方だ。どうかあなたさまのお時間を、新しき友である私めにいただけないでしょうか？」

（あぁもう!!　誰が友達よ白々しいっ!!）

うっとうしいが、令嬢として振《ふ》る舞《ま》っている以上、伯爵を押し退《の》けて逃《に》げることもできない。

どうすれば角を立てずに場を去れるか考えていると、伯爵が一通の封筒《ふうとう》を取り出した。

「その封筒は、私に？」

「ええ。わしはあなたさまとお話しできるだけで光栄なのです。ですから一度、我が家の舞踏《ぶとう》会においで頂けないでしょうか？」

手紙は、その舞踏会の招待状なのだろう。リリーシャは、素早《すばや》くその封筒を観察した。

(封蠟《ふうろう》の色は青、それに押された家紋《かもん》もゲルトルード伯爵家の略式のものね……)

青の封蠟は、貴族間の些細《ささい》な私信に用いられるものだ。

格式の低い形式のため、中身の招待状を断ることもできるし、それで咎《とが》められることも無いはずだった。

「その招待状、頂きますわ。後ほど、殿下のご予定をおうかがいしておきます」

「快いお返事を期待しておりますぞ」

「はい。では失礼いたします。今日のお茶のお誘《さそ》いの方は辞退させてもらいますわね」

「ええ、今日のところは、残念ですがここまでにしておきましょう」

粘《ねば》つく視線を残し、伯爵が歩み去っていく。

解放され、リリーシャはそっと小さく息を吐《つ》く。伯爵があっさりと引き下がったということは、やはり招待状を受け取ったのは正解だったらしい。

伯爵はリリーシャに執着《しゅうちゃく》しているし、貴族としてのプライドもある。そこで招待状を形だけでも受け取れば、リリーシャが会話を拒《きょ》絶《ぜつ》しても、簡単には応じてくれないのは実証済みだ。伯爵も面子《メンツ》を保つことができるのである。伯爵の意を一部受け入れ譲歩《じょうほ》したことになり、

(貴族づきあいってまどろっこしいなぁ。招待状、ルクスに見せて断ってもらわないとね)

無くさないように封筒を隠《ポケット》しにしまおうとすると、指先に柔らかく湿《しめ》った感触《かんしょく》があたる。

隠《ポケット》しの中で丸まっていたニノが、指の腹を舌で舐《な》めたらしい。

令嬢としてのドレスは布地が多い分動きにくいが、隠《ポケット》しが大きいのは便利なことだ。

招待状を折り曲げたりしないようしまいこむと、この先の予定を考えた。

(今すぐ図書館にいっても、待ち伏せされてそうよねぇ)

伯爵は引き下がったが、あれは今日限定、かつ伯爵個人に限っての話だ。

伯爵に付き従う貴族は多く、彼らが図書館への途上《とじょう》に待ち構えている可能性も高い。

(うーん、あんまりルクスから離《はな》れることも出来ないし、せっかくだから、前にフェリルに教えてもらった場所で時間を潰《つぶ》そうかしら)

いくつかの廊下を巡《めぐ》り、開放された扉《とびら》から外へとでる。

外気は少し肌寒《はだざむ》かったが、短時間の散策なら風邪《かぜ》をひくことも無いだろう。

王宮正面の裏手にあたるここは、背の低い木々や花の植えられた憩《いこ》いの庭だ。

この中庭には飛沫《しぶき》を噴《ふ》き上げる噴水《ふんすい》も、綺麗《きれい》に刈《か》り込まれた生《い》け垣《がき》の列も無い。木々や花々を良く見ればきちんと手入れされているのがわかるが、全体として草花の自然の姿を活《い》かすよう作られた、こぢんまりとした庭のようだ。

庭の小道や東屋《あずまや》のところどころで貴族達が談笑《だんしょう》していたが、リリーシャを追いかけまわそうとする人間はいなかった。

（確かにここ、のんびりできるいい場所ね。表の庭も豪華《ごうか》で綺麗だったけど、私にはやっぱり、これくらい落ち着いたところの方がいいわ）

深呼吸し緑の香《かお》りを吸い込む。ドレスの裾を地面にすって汚《よご》さないよう、ゆっくりと気を付けて歩き始めた。

濃《こ》いオレンジのカトレア、芳香《ほうこう》を放つプリムラ、日向《ひなた》に咲《さ》くブーゲンビリア。

秋の花々を観賞し散歩を楽しんでいたリリーシャは、ふと眉《まゆ》をひそめた。

低木の茂《しげ》みの陰《かげ》に、男物の靴《くつ》が見える。視線を動かすと、従僕のお仕着せをきたとび色の頭がある。小柄《こがら》な男がうつ伏せに倒《たお》れこんでいるようだった。

「あの、大丈夫《だいじょうぶ》ですか？」

声をかけるも、横たわる男に反応は見られない。困ったリリーシャは助けを求めて周囲を見《み》渡《わた》したが、貴族達は目をそらすばかりで手を貸してくれそうに無かった。

（どうしよう。もし、病気か何かの発作《ほっさ》だったら大変だわ）

借りもののドレスが汚《よご》れてしまうが、それよりも人命の方が大切だ。

「私の声、聞こえますか？　大丈夫ですか？」

地面へしゃがみこみ、手を握《にぎ》って呼びかける。男の手は手袋《てぶくろ》に包まれていたが、布地ごしでもわかるほど冷え切っている。あまりの冷たさに驚《おどろ》いていると、男が手を握り返してきた。

反応にほっとしていると急に男が身を起こし、こちらへガバリと抱《だ》きついてきた。

「な、何をするんですか!?　離してください!!」

もがくも、男の力は弱まらない。だからといって体調が悪いかもしれない人間を突《つ》き飛ばすわけにもいかず途方《とほう》に暮れていると、男の囁《ささや》きが耳に入る。

「温かい」

呟《つぶや》いた顔はリリーシャより少し下の、まだ少年といった年頃《としごろ》だ。優《やさ》しげに整った面立《おもだ》ちだが、左頬《ひだりほお》に青みがかった緑の鱗《うろこ》が輝いていた。

「その鱗………。あなた、契約獣《けいやくじゅう》でしたのね」

「はい、急に抱きついてしまいすみませんでした」

鱗のある肌《はだ》を持った契約獣は身を離すと、申し訳なさそうに謝った。

「僕はテオと言います。正体はトカゲに似た姿で、寒くなると体が冷え切って、動けなくなってしまうんです。あなたの体温のおかげで助かりました」

「良かったですけど、もう大丈夫ですの？　顔や手、随分《ずいぶん》と冷えてしまってますわよ？」

熱を測る要領で、テオの額へと触《ふ》れる。

するとテオが驚き、まじまじとリリーシャの顔を見つめた。

「あの、気持ち悪くないんですか？」

「何がですの？」

「僕の鱗です。こんなものが顔にあったら、気持ち悪いでしょう」

リリーシャの手が払《はら》いのけられる。苦く笑ったテオが、鱗を隠すように顔を背《そむ》けた。

その態度にリリーシャは瞬《まばた》きをすると、そっと右手を持ち上げた。

「別に、気持ち悪くなんてないですわ」

「わっ⁉」

右手をテオの頬にあてがい、その鱗へと触れた。

「これで、信じてもらえたでしょう？」

言葉より行動だ。

リリーシャだって人間に鱗があったら驚くが、テオは契約獣だ。ならばただの個性でしかなく、忌避《きひ》する理由は見当たらなかった。

「はい……。あなた、変わっていますね。貴族の女性の方に鱗を触《さわ》られたのも、助け起こされたのも初めてです」

「変わっているだなんて、そんなことありませんわ。私はただの子爵《ししやく》令嬢ですから」

ほほほほ、と。とりあえず笑い、誤魔化《ごまか》しておく。

テオから視線をそらし周囲を見回すと、こちらを眺《なが》める冷ややかな視線に気がついた。

(何よあの目。鱗が苦手って人がいるのはわかるけど、あからさまに嫌悪《けんお》感《かん》を向けなくてもいいじゃない)

完璧《かんぺき》な人間の姿をとることができる契約獣は、僅《わず》かな高位のものだけだ。ほとんどの契約獣は人形になれないか、なったとしても体の一部に獣《けもの》の相が残る。美しい翼《つばさ》などであれば受け入れられやすいが、そうでない場合、蔑《さげす》まれることもある。知識として知ってはいたが、目《ま》の当たりにすると気分のいいものでは無い。庭に佇《たたず》む貴族達。彼らはそもそも、倒れているテオを助けようともしなかった。普段《ふだん》からあんな態度を取られていたら、テオが卑屈《ひくつ》になってしまうのもわかる気がした。

リリーシャの憤《いきどお》りが伝わったのか、テオが困ったように眉を下げた。

「彼らを責めないでください。あれが普通《ふつう》の反応なんです。それに今日はそのおかげであなたに出会えたのだから、彼らに感謝しないといけませんね」

「テオが良《い》いならそれでいいですけど……。そもそも、どうしてこんな肌寒い日に、屋外に出ていたのですか？　もしかして主《あるじ》に何か、無茶な命令でも出されたのですか？」

「違《ちが》います!!　僕の主様は、そんな酷《ひど》い人じゃありませんっ!!」

「きゃっ」

突然《とつぜん》大声で反論されて驚くと、テオがバツの悪そうな表情を浮《う》かべた。

「怒鳴《どな》ってしまって、すみません」

「いえ、こちらこそ無神経な質問をして、ごめんなさいね。あなたの主は、あなたにとって大切な人間なのですね」

「はい。主様は、僕の鱗を『綺麗』だって褒《ほ》めてくれる、温かい掌《てのひら》を持った人です」

即答《そくとう》し、はにかむテオ。彼と主との絆《きずな》を感じ、リリーシャはほっこりとした。

「あなたの主は、素敵《すてき》な方なんでしょうね。いつか、お会いできると嬉《うれ》しいですわ」

心のままに言葉を紡《つむ》ぐと、何故《なぜ》かテオが顔を曇《くも》らせてしまった。

「どうかしたのですか？」

「いえ、お気持ちはうれしいんです。ただ僕の主様、行方《ゆくえ》不明なんです」

「行方不明？」

「一カ月ほど前、僕がお傍《そば》を離れていた隙《すき》に、お供の契約獣といっしょに姿が消えてしまったんです。この庭は最後に主様の姿が目撃《もくげき》された場所です。何か証拠《しょうこ》がないかと朝から探していたのですが、そのせいでご迷惑《めいわく》をかけてしまい、すみませんでした」

テオの顔には、根深い憔悴《しょうすい》の陰が張り付いている。

主との関係が良好であった分不安も大きいのだろう。意気消沈《いきしょうちん》した姿が痛ましかった。

「ご無事だといいですわね」

「はい。僕と主様の間にはまだ契約の繋《つな》がりがありますから、生きていらっしゃることは確かなんです。ただ距離《きより》があるようで、どこにいらっしゃるかまではわからないんです」

「何か手掛《てが》かりや、他《ほか》に主のことを捜索《そうさく》されてる方はおられないのですか？」

「今はほとんど、捜索は打ち切られてしまっています。主様はとても優しい人なのですが、その、世渡《よわた》りがあまりお上手でなく………。これといった役職にもついてなくて、実家である男爵家からも軽《かろ》んじられていましたから………」

（なるほど。だからテオは、あんなにも貴族達に冷たくされていたのね）

大貴族や要人に従う契約獣は、それが低位の契約獣であれ丁重《ていちょう》に扱《あつか》われるものだ。しかし逆に主の立場が弱い場合、その契約獣もぞんざいな態度を取られることがほとんどだった。

「そうでしたの。ひょっとしたらどこかで主の姿を見かけるかもしれませんし、外見や特徴《とくちょう》についてなにか教えていただけないかしら」

「ありがとうございます。百合《ゆり》の君にご助力いただき、とても心強いです」

「あら、自己紹介《しょうかい》はまだのはずなのに、どうして私の名を？」

「名乗らなくてもわかりますよ。茶色の髪《かみ》と緑の瞳《ひとみ》、百合の髪飾《かみかざ》りをつけた百合の君。浮いた噂《うわさ》一つなかったルクス殿下《でんか》の心を射止め、更《さら》には蒼氷《そうひょう》の君という宮中まで追いかけてきた信《しん》奉者《ぼう》をもつ麗《うるわ》しの令嬢。あなたのことを知らない人間なんて、今の王宮にはいませんよ」

「そ、そうでしたの………」

藪蛇《やぶへび》だ。面と向かって自らの噂について語られると、反応に困るリリーシャなのだった。

「主と契約獣《けいやくじゅう》の間には魔術的な繋がりがある、かぁ」

「あぁそうだ常識だな。それがどうしたんだ？」

ルクスは晩餐《ばんさん》酒を卓《たく》へと置き、リリーシャの独り言に答えた。

今日の夕飯は広い卓を挟《はさ》んでルクスと二人っきりだった。出されたいくつかの料理に、アルフが体質上受け付けない食材が入っていることがわかったため、後でアルフは別の料理を食べることとなった。いつもの食事時はアルフとルクスが顔を合わせることが多くピリピリとした雰囲気《ふんいき》だったが、今日の食卓は平和だった。

「食事中も何やら考え事をしていたようだが、気になることでもあったのか？」

「今日ね、テオっていう主が行方不明になった契約獣に出会ったの。テオの主はクリストフォルというナイゼル男爵家の方らしいんだけど、何か知らないかしら？」

「いや、知らないな。それに、そのことがどうさっきの独り言に繋がるんだ？」

「テオは、主がまだ生きてるって確信を持ってたの。それは、契約による魔術的な繋がりのため。私とルクスも相手のいる場所がわかるけど、今のところ繋がりってそれだけよね」

「あぁ。それとおまえに触れると、命令に従ってしまうということくらいだな」

「ふつうは契約を交《か》わした契約獣は、魔術師の魔力を受け取って力を増すのよね？」

主を持ち、その傍にいる契約獣は力が強化されるものだ。

リリーシャ達のようにお互《たが》いに離《はな》れられないと言うことは無いが、主と契約獣の距離が開くほど、増強効果は弱くなる。テオが寒さに凍《こご》えて庭で倒《たお》れていたのも、長く主から離れていたせいだ。主の近くに控《ひか》えていれば、厳寒の真冬でもないかぎり外を出歩いても問題ないと言っていた。

「それは契約獣の場合だろ？　俺は人間だ。あいつらなんかといっしょにするな」

「そうだけど、でも、私の方にもなんの変化も無いのは、どうしてだろうって不思議なの。普通、契約獣を従えた魔術師は、契約獣の力の一部を引き継《つ》いで強化されるものよね？」

契約獣が魔術師の魔力を受け取るのと同時に、魔術師は契約獣の特性を共有する。火を噴《ふ》く契約獣ならば火の魔術が得意に。風を操《あやつ》る契約獣なら、魔術師も強い風を扱うことができるようになる。それが契約を結ぶ、魔術師側の利点の一つでもあるのだ。

「でも、私達にはそういう変化は現れてないでしょ？　その理由がわかったら、何か契約解除の糸口にならないかと思ったのよ」

「その理由なら簡単なことだろう。俺が人間だからだ。同じ人間同士で契約を結んだって、それでどんな変化があるっていうんだ」

「ルクスの特徴から考えて、私の顔が良くなって、口が悪くなるとか？」

「おまえは俺を、一体何だと思っているんだ」

「見たままをいっただ、ふぇっくしゅん!!」

くしゃみをし、身震《みぶる》いする。

昼間、外に出たのが原因だ。軽く散歩するだけのつもりだったが、テオを助けて話し込んだことで、その間に体を冷やしてしまったようだ。

自覚した途端《とたん》、悪寒《おかん》が全身を襲《おそ》う。震《ふる》えて両腕《りょううで》をかき抱《いだ》くと、肩《かた》に軽い感触《かんしょく》を感じた。

「俺の上着だ。羽織っていろ」

ルクスが席から立ち上がり、リリーシャへと上着をかけてくれていた。

「おまえに風邪《かぜ》でもひかれたら困るからな」

「……………ごめんなさい」

「寝室《しんしつ》にいってさっさと寝《ね》ろ。明後日《あさって》には、ゲルトルード伯爵邸《はくしゃくてい》の舞踏《ぶとう》会に呼ばれているんだ。それまでに、出来るだけ体調を万全《ばんぜん》に整えておけよ」

「え、あの招待状、ルクスは受けるつもりなの？」

「あぁ。俺もじっくり伯爵と話してみたかったし、一度くらいは招きに応じてやった方が、厄《やっ》介《かい》ごとも減るだろうからな」

ルクスが伯爵に興味があるとは意外だ。それに、それしきで本当に伯爵が大人しくなるのだろうか？　疑問に思っていると、のど元のうずきにせき込んでしまった。

「大丈夫《だいじょうぶ》か？　風邪が治らないようなら、舞踏会を断ってもいいんだぞ？」

「心配ありがとう。でも本物の箱入り貴族令嬢と違って、私は頑丈《がんじょう》だもの。一晩寝ればきっと元通り回復しているわ」

（それに、もし体の調子が悪くても、それしきで休むわけにはいかないわ）

リリーシャは母親を亡《な》くして以来、ずっと稼《かせ》ぎ手として働いていた。多少体が辛《つら》くとも気力で立ち回った経験はある。ルクスの恋人《こいびと》役を引き受けた以上、足を引っ張るのは嫌《いや》だった。

「じゃぁ、今日はもう寝室に下がらせてもらうわ。食事の途中《とちゅう》だけどごめんなさいね」

「気にするな。あと、寝るのは少しだけ待て。水と薬と、リンゴの甘煮《あまに》を届けさせてやる」

「薬はありがたいけど、どうしてリンゴの甘煮を？」

「おまえ、夕食もあまり進んでいなかったろう？　食べないのは体力が落ちる。好物なら、多少具合が悪くとも食べられるはずだ。すぐに作らせるから、それまでは横になっておけ」

「ありがとう。でも、リンゴの甘煮が好きだってよくわかったわね」

好物を指摘《してき》され、リリーシャは軽く驚《おどろ》いた。

貴族令嬢たるもの、無暗《むやみ》に食の好みを表に出すべきではないと言われている。できる限り表情をかえないよう食事をとっていたが、ルクスには見抜《みぬ》かれていたらしい。

「私も、まだまだ修業《しゅぎょう》不足かしら」

「相手が悪かっただけだ」

「どういうこと？」

「俺がおまえと、その頑張りをずっと見つめていたから気づいたんだ。おまえは十分に、俺の恋人として相応《ふさわ》しいよ」

得意げに微笑《ほほえ》むルクスに鼓動《こどう》が跳《は》ね、顔が熱くなる。

もしや熱まで出てきたのだろうか？　肩にかけられた上着をかき寄せる。するとかすかな匂《にお》いと温《ぬく》もりを、ルクスの残り香《が》を感じ、ますます頰《ほお》が赤くなってしまった。

「顔が赤いが、熱もあるのか？」

「そ、そうかも。風邪をうつすと悪いし、部屋に引っ込んでるわね。上着、どうもありがとう」

動悸《どうき》をなだめ、椅子《いす》から立ちあがる。目まいが襲い、足が絡《から》みふらついた。

「大丈夫か？」

すぐ近くから、少し焦《あせ》ったルクスの声が聞こえる。

ルクスの胸板《むないた》が頰にあたり、彼に支えられていると気が付いた。

（あ、私、ルクスに触《さわ》っちゃってる――――）

ルクスの体に接触《せっしょく》したら、罰金《ばっきん》として一回につき百マルツ。

慌《あわ》てて体を引き離そうとすると、反対に強く抱《だ》きしめられてしまった。

「急に動いてどうしたんだ？　まさかどこか体が痛むのか？」

「違《ちが》うわ。だって私、ルクスに触っちゃ駄目《だめ》なんでしょう？」

「あ………」

思い出したのか、ルクスが小さく声をあげる。

しかし一向に腕の力は緩《ゆる》むことはなく、リリーシャは恐《おそ》る恐るルクスを見上げた。

「ルクス？　もう一人で立てそうだから離し――――」

「特別だ」

「へ？」

「弱っている人間を助けるのは、人として当然のことだろう？　別におまえのためなんかじゃない。俺の良心の問題だから、今回だけは特別だ」

ルクスはツンと顔をそらすと、リリーシャの肩を抱きかかえるようにして支え直した。

「……………ありがとう」

なんともルクスらしい言い分に安心する。

肩にかかる手の力強さと温かさに、リリーシャは素直《すなお》に身を預けたのだった。

＊

リリーシャを寝室へと送り届けたルクスは、再び食堂へと戻《もど》った。

食卓《しょくたく》に置かれた鈴《すず》を鳴らし、やってきた従僕にリンゴの甘煮を作らせるよう命じる。

従僕が厨房《ちゅうぼう》へと向かったのを確認《かくにん》すると、ルクスは深々と椅子に腰《こし》かけた。

(俺はどうして、あいつを突《つ》き放せなかったんだろうな)

以前の自分なら、リリーシャの体調が悪かろうが容赦《ようしゃ》なく引きはがしたはずだ。

なのに先ほどは彼女に言われてなお、その体を離そうとは思えなかった。

(…………あいつの肩、細くて柔《やわ》らかくて、それに震えていたからな)

強く握《にぎ》れば壊《こわ》れてしまいそうで、危なっかしくて放《ほう》っておけなかったのかもしれない。

そしてそう思うのは、何も今回だけではなかった。

リリーシャと過ごしていると、時折、その頬や髪《かみ》に触《ふ》れてみたいと思うことがある。

慣れない王宮生活にも弱音を吐《は》かない姿を見ると、手を握って励《はげ》ましたくなった。

(こんな感覚、初めてだな…………)

恋人としての演技をしている時なら、いくら触れても問題は無かった。どれ程《ほど》愛を囁《ささや》こうと、
それは王子と百合《ゆり》の君というお芝居《しばい》に過ぎないからだ。

だが二人きりの時にこちらから彼女に触れれば、何かが変わって後戻《あともど》りできなくなってしまうような、漠然《ばくぜん》とした予感がある。その正体は気になるが、ルクスにそれを確かめる資格は無い。

「…………俺はあいつを騙《だま》し、隠《かく》しごとをしているからな」

自嘲《じちよう》に唇《くちびる》を歪《ゆが》め、ルクスは笑った。

先ほど、リリーシャがテオの名前を出した時はひやりとした。

どうやら隠しごとに勘《かん》づかれた気配は無かったが、油断は禁物だ。

ルクスは卓上へと手を伸《の》ばし、葡萄《ぶどう》酒の満たされた杯《さかずき》を取った。

――秘密を、あるいは罪悪感を飲み干すように。

喉《のど》へと流れ込んだ酒は、少しだけ苦い味がした。


薬と睡眠《すいみん》、そして優《やさ》しいリンゴの甘さのおかげか、翌朝にはリリーシャの体調はほぼ万全に戻っていた。

今日は屋敷《やしき》の中で過ごすよう言われているため、契約魔術《けいやくまじゅつ》について調べることにする。

アルフと手分けして魔術書を読んでいたのだが、細かな文字と図形の羅列《られつ》に、目の奥に鈍《にぶ》い疲労《ひろう》を感じた。

額を押さえ本から目を離《はな》す。ちょうど折よく扉《とびら》が開き、赤毛を揺《ゆ》らしたフェリルが現れた。

「ルクスから伝言だよ。もうすぐ新しいドレスの試着をするから、準備しておけだって」

「わかったわ、あ、そうだフェリル。ちょっと聞きたいことがあるんだけどいいかしら？」

「なんだい？」

「私明日の夜、舞踏《ぶとう》会に招かれているのよ。主催者《しゅさいしゃ》はゲルトルード伯爵《はくしゃく》って人なんだけど、彼の趣味《しゅみ》や交友関係について教えてくれないかしら」

令嬢《れいじょう》教育の一環《いっかん》で貴族たちの役職や力関係は叩《たた》き込まれているが、それだけでは少し不安だ。

そう思って聞いてみると、フェリルが大げさに肩《かた》をすくめた。

「ゲルトルード伯爵？　それはまた厄介な人間に呼ばれたんだね。お気の毒に」

「確かにつきまとわれてめんどくさいけど、そんなに問題がある人なの？」

聞き返しつつ、脳内に詰《つ》め込まれた貴族知識をさらう。

ゲルトルード伯爵は、王都警備軍第二隊を受け持つ要人だ。本人にこれといった功績は無く、家柄《いえがら》によって地位を得た幸運な中年貴族といったところ。特徴《とくちょう》としては、珍《めずら》しい契約獣《けいやくじゅう》を集める収集癖《しゅうしゅうへき》があることくらいのはずだ。

「あの伯爵、随分《ずいぶん》と僕にご執心《しゅうしん》だったからねぇ。僕には、ルクスっていう運命の相手がいるんだから、彼のもとにいくなんて、ありえないのにね」

「もしかして、その内容をそのまま伯爵にも言ったの？」

「自分の想《おも》いに嘘《うそ》はつけないからね」

フェリルの言葉に、リリーシャは軽く頭痛を覚えた。

フェリルの言い分に罪はなくとも、断られた伯爵は酷《ひど》くプライドを傷つけられたはずだ。

「……つまり、ルクスを理由に断られた伯爵は、ルクスを逆恨《さかうら》みすることになったってこと？」

「ご名答、よくできました～」

パチパチパチと、乾《かわ》いた拍手《はくしゅ》の音が響《ひび》く。

どうやら伯爵がリリーシャに執心していたのも、その正体や失敗を見つけ、ルクスの弱みを握ろうとしていたためらしい。面倒《めんどう》な相手に目をつけられたものだとため息をつくと、頭に温かな感触《かんしょく》が触れた。

「大丈夫《だいじょうぶ》。リリーシャの作法は、ほぼ完ぺきです。平民だと知られることは無いですよ」

柔らかな手のひらが、リリーシャの頭を撫《な》でる。アルフが頭を撫でるのは、リリーシャを励ますときの癖《くせ》だった。

「アルフがそう言ってくれるなら、安心できるわね」

最近になって知ったことだが、どうやらアルフには、一通りの王宮の知識と、礼儀《れいぎ》作法が身についているらしい。何故《なぜ》アルフが？　という疑問は「昔、色々とあった」という言葉で流された。アルフの外見は二十代半ばと言ったところだが、彼は契約獣。実年齢《じつねんれい》は遥《はる》かに上らしい、というのは、アルフが詳《くわ》しく過去を語ろうとしないためだ。

気になるが、これまでは過去を知らずともやってこられたし、誰《だれ》にだって嫌《いや》な思い出はある。

過去はどうあれ、アルフはアルフ。

髪を撫でる掌《てのひら》の感触を楽しんでいると、再び扉の取っ手が動いた。

「リリーシャ、明日の舞踏会に着ていくドレスが届いたぞ……って、おい」

部屋へと入ってきたルクスが、言葉の途中《とちゅう》で不機嫌《ふきげん》そうに眉《まゆ》をひそめた。

「おまえ、一応俺の恋人《こいびと》だろう？　気軽に他《ほか》の相手に触られるなよ」

「恋人？　ただの恋人『役』でしょう？」

アルフが普段《ふだん》より少しだけ低い声で言うと、ルクスが負けじと言い返す。

「恋人役とはいえ、契約獣ごときに撫でられて喜ぶような女は嫌だからな」

「文句を言う資格があるとでも？　自分が彼女に触る度胸も無いから羨《うらや》ましいのですか？」

「ふん、所詮《しょせん》は獣《けもの》だな。節度を持てと、そう忠告しているんだ」

舌戦《ぜっせん》を繰《く》り広げる二人に、リリーシャは頭を抱《かか》えこんだ。

（あぁもう、なんでこの二人は仲が悪いのよ）

アルフにはルクスとの事情を説明してあったが、何故かルクスへの冷ややかな態度は崩《くず》れなかった。ルクスの方も契約獣を嫌っているせいか、いつも以上に口が悪い。二人を一緒《いっしょ》にしておくと、いつまで口論が続くかわかったものではなかった。

「私、ドレスを確認したいわ。悪いけどルクス、ドレスのある場所まで案内してくれない？」

「あぁ、わかった。しっかりと俺についてこい」

アルフから離れ、ルクスへと歩みよる。

するとルクスはどこか勝ち誇《ほこ》ったような、安堵《あんど》したような顔で頷《うなず》いたのだった。

翌日のゲルトルード伯爵邸《てい》での舞踏会は、華《はな》やかで大規模なものだった。

ルクスに腕《うで》を支えられ、楚々《そそ》とした歩みでホールへと足を踏《ふ》み入れる。弦楽器《げんがっき》の調べと幾重《いくえ》もの談笑《だんしょう》の声が押し寄せ、真昼のような明るさに一瞬《いっしゅん》身がすくんだ。

何百本もの蠟燭《ろうそく》の灯《あか》りを弾《はじ》いたガラス製のシャンデリアが、室内へと七色の光を投げかける。目が慣れてくると、天井《てんじょう》近くやテーブルの間を燐光《りんこう》を放つ蝶形《ちょうがた》の契約獣が飛び回り、豊かな色彩《しきさい》で会場を彩《いろど》っているのが見えた。

「綺麗《きれい》ね……」

ここまで贅《ぜい》を凝《こ》らされるとまともな金銭感覚が働かず、ただ感嘆《かんたん》のみが残る。

千の光と蝶たちの幻想《げんそう》的な光景に見とれていると、たちまち周囲に人が集まってきた。

ルクスと二人で応対を続けているうち、リリーシャは酔《よ》いを感じ目をつぶった。

礼儀として何杯《なんばい》かグラスを空けていたが、それが意外にも強く、酔いが回ってしまったらしい。

ルクスも気づいたのか、柔《やわ》らかにリリーシャの背中を支え、壁際《かべぎわ》の長椅子《ながいす》へと導いた。

「少し休んでいてくれ、まだまだ夜は長いからね」

「えぇ、すみません。あれくらいの酒量なら、すぐに抜《ぬ》けると思いますわ」

問題ないと伝えると、ルクスは招待客たちとの談笑へと戻《もど》っていった。

 ルクスは人の輪の中心で、快活な笑顔で会話を盛り上げている。

 まさに非の打ちどころの無い王子といった様子だが、普段の彼を知っていると不思議な光景だ。リリーシャが王宮にきてしばらくたつが、ルクスが仮面を外す相手はフェリル以外には見あたらない。あえて親しい人間を作らないのも、ある種の処世術であると理解できるが、リリーシャにはとても歯がゆく思える。

(どうしてルクスは、あそこまで自分を押し殺してるんだろう)

ルクスは口は悪いし素直《すなお》じゃないが、わかりにくいだけで優しい部分だってある。

あの子供っぽくて、でも嬉《うれ》しそうな笑顔を見せないなんてもったいない――と、ルクスを見つめて気をもんでいると、となりに座る貴婦人の存在に気が付いた。ダークグレーのドレスに身を包んだ、おそらく三十代の半ばほどの、目尻《めじり》の垂れた穏《おだ》やかな雰囲気《ふんいき》の女性だ。

貴婦人は口元に扇《おうぎ》をあてると、目元に笑いじわを刻んだ。

「好《よ》い夜ですわね、百合《ゆり》の君。あなたのおかげで、私は姉との賭《か》けに勝てそうですわ」

「御機嫌《ごきげん》よう。ですが、賭けとは何でしょうか？　全く心当たりがないのですが……」

「ご存じありません？　ルクシオン殿下《でんか》と蒼氷《そうひょう》の君、百合の君の真の想い人が誰であるか、皆《みな》賭けをして注目していますわ。ちょっとした乱闘騒《らんとうさわ》ぎもおこっていたりしますもの」

貴婦人の言葉に、リリーシャは深い脱力感《だつりょく》を覚えた。

（たかが他人の噂《うわさ》で乱闘って、貴族はどれだけ暇人《ひまじん》なのよ……）

この国の行き先が心配になるが、この貴婦人のように、面と向かって言ってくる人間はまだ良《よ》い方なのかもしれない。貴婦人の誤解を少しでも解こうと、リリーシャは口を開いた。

「私は殿下の恋人で、彼だけを愛しておりますもの。そもそも賭けの意味がありませんわ」

「えぇ、えぇ、わかっておりますわよ。先ほどの、じっと殿下を見る百合の君のご様子で、どちらが真の想い人であるか、私にもわかってしまいましたから」

貴婦人は頰《ほお》に手を当てると、きゃっきゃっと少女のように笑った。

「あれほど一途《いちず》に見つめるなんて、よっぽど殿下に恋《こ》い焦《こ》がれていらっしゃるのですね。殿下が想い人だと賭けていた、私の目に狂《くる》いは無かったのですわ」

「そ、そうですわね……」

否定することも出来ず、扇で口元を隠《かく》す。ルクスを見つめていたのは事実だが、そこに恋愛《れんあい》感情は無い。曖昧《あいまい》に微笑《ほほえ》んでいると、貴婦人が機嫌よく話を続けた。

「あら、緊張《きんちょう》してらっしゃるのかしら？　ゲルトルード伯爵の舞踏《ぶとう》会にいらしたのは初めて？ホールの飾《かざ》りも、配置された契約獣《けいやくじゅう》たちも豪華《ごうか》で、目移りして疲《つか》れてしまうほどですものね」

ぐるりと会場を見渡《みわた》した貴婦人につられ、リリーシャも視線を動かした。

ホールのあちこちには、絹や宝石で飾り立てられた、何体もの契約獣が鎮座《ちんざ》している。

七色の羽を持つ虹色孔雀《にじいろくじやく》。翼《つばさ》のような耳を持つ兎《うさぎ》、全身が岩石で覆《おお》われた亀《かめ》――

いずれも魔力《まりよく》自体は低いが、大陸全土で十体と確認《かくにん》されていない、珍《めずら》しい種類の契約獣《けいやくじゆう》だ。

契約獣の収集癖を持つ伯爵《はくしやく》が招待客に自慢《じまん》し、場を盛り上げるため連れてきたのだろう。

初めて見る契約獣ばかりで興味を惹《ひ》かれたが、同時に憤《いきどお》りも感じた。

(虹色孔雀は騒《さわ》がしい場所が嫌《きら》いだし、翼兎《よくと》は人に慣れにくい臆病《おくびよう》な性質のはずなのに……)

痛みや危害は加えられなくとも、契約獣にとって大きな負担がかかる環境《かんきよう》はある。

契約獣はよくしつけられているようで暴れだす様子はなかったが、彼らの目はどんよりとよどんでいるように見えた。

もやもやとした思いはあるが、この場で伯爵への嫌悪感《けんおかん》を表すことも不可能だ。やり場のない感情から目を背《そむ》けるように、リリーシャは貴婦人との会話に集中した。

貴婦人――ヒンメル子爵夫人は陽気で気取ったところが少なく、話しやすい談笑相手だった。

どうやら子爵夫人もリリーシャを気に入ってくれたようで、打ち解けた空気が流れる。

「ふふ、よそのお嬢《じよう》さんとこんなに話したのは久しぶりで、こちらまで元気になりますわね」

「私も王宮に来て以来、これ程楽しいおしゃべりは初めてですわ」

「嬉しいことを言ってくださるわね。あなたみたいな、素敵な娘《むすめ》を持ったお母さまは幸せ者ね」

「ありがとうございます。ちなみに子爵夫人には、お嬢様はいらっしゃりますの？」

「いるわ。ちょうど十歳になったばかりで、あなたと髪《かみ》の色が同じなのよ」

「夫人のお嬢様なら、きっとかわいらしい方なんでしょうね」

「ええ、とても愛らしく賢《かしこ》い子よ。ただあの子、体が弱いのよね……」

夫人は表情をかげらせると、じっとリリーシャを見つめた。

「あなたも昔は病弱で、屋敷《やしき》から出られなかったのでしょう？　それが今は健康になり、殿下の恋人として人気者なんだもの。あなたのことを聞いて、娘も将来への希望を強めていますわ」

しんみりとした夫人の手を、リリーシャはそっと握《にぎ》った。

嘘《うそ》まみれの自分でも、少しでも夫人の心を慰《なぐさ》められたらいい。励《はげ》ましの言葉を続けようとすると、その前に周囲の空気がざわめいた。

「百合の君、今夜は楽しんでもらえていますかな？」

「今晩は、ゲルトルード伯爵。素敵な舞踏会にお招きいただき、どうもありがとうございます」

リリーシャは長椅子から立ち上がると、本心を押し隠し丁重《ていちょう》な礼をした。

そっと周囲を見渡すもルクスの姿はなく、近くにいるのは伯爵一派の人間ばかりだった。

「ところで、殿下にも挨拶《あいさつ》がしたいのですが、どこにいかれたか知りませんかな？」

「残念ですが、私もわかりませんわ。酔い醒《ざ》ましに、庭にでも出ているのではないでしょうか」

リリーシャは答えつつ、内心で眉《まゆ》をひそめた。

(私はともかく、ルクスにもまだ声をかけていなかったの?)

今回の舞踏会は、王子であるルクスが主賓《しゅひん》となっている。

本来、招待主は主賓が会場につき次第《しだい》、まっさきに挨拶と歓迎《かんげい》を捧《ささ》げるものだ。なのに今まで放置していたということは、ルクスを軽《かろ》んじ、下に見ているということ。

(確かに、ルクスは正妃《せいひ》さまの子じゃないし派閥《はばつ》も持っていないから、宮廷《きゅうてい》内での地位が低いのはわかるわ。でもだからって、主賓として招いておいて失礼すぎるわよね)

そもそも、ルクスは契約獣嫌《けいやくじゅうぎら》いで知られているはずだ。なのに会場に多数の契約獣を配置しているのも、立派な嫌《いや》がらせの一つ。子供っぽくいやらしい仕打ちに、伯爵への怒《いか》りがふつふつと湧《わ》いてきた。

感情を表に出さないよう自制心を働かせて会話していると、楽団の奏《かな》でる音楽の拍子《ひょうし》が変わった。ゆったりとした穏やかな旋律《せんりつ》に、何組もの男女が会場の中心で踊《おど》り始める。

「百合の君、ここは一つわし達も踊りませんかな?」

「残念ですが、ご辞退しますわ。私、寝台《しんだい》暮らしが長かったせいで、ダンスはあまり得意ではありませんの。伯爵様と一緒《いっしょ》に踊って、恥《はじ》をかかせたくはないですわ」

「可憐《かれん》な女性はただ踊るだけで、会場の華《はな》となり皆《みな》の目を楽しませますぞ」

「それでしたら、すでに会場には大輪の華がいくつも咲《さ》いておりますわ」

「あなたさまなら、今宵《こよい》の花園《はなぞの》の主《あるじ》にだってなれますぞ。そうは思いませんかな、子爵夫人？」

「はい？」

突然《とつぜん》話を振《ふ》られ、夫人は大きく瞬《まばた》きをした。

「どうしてそこで私の名が出るのですか、ゲルトルード伯爵？」

「子爵夫人には確か、病弱なお嬢様がいらっしゃいましたな？」

「そうですけど、それがどう百合の君のダンスと関係あるのですか？」

「百合の君も、昔は子爵家のお嬢様と同じく病気がちだったそうです。そんな彼女が、病を克《こく》服《ふく》し立派にダンスを踊れば、お嬢様の励みになるとも思いませんか？」

「それは……」

「思いますよな？」

「…………はい」

伯爵の駄目《だめ》押しに、子爵夫人は申し訳なさそうにリリーシャを見た。子爵夫人も、リリーシャがダンスを踊りたくないのはわかっているはずだが、爵位が上で宮廷内に影響《えいきよう》力を持つ伯爵には逆らえないのだろう。

（どうしよう、はめられたわね……）

この流れで、リリーシャが再びダンスの誘《さそ》いを断ったとする。すると、病弱な娘を持った子爵夫人の願いを無下にした冷血な令嬢と、そう宮廷内に噂をばらまかれることになるだろう。

　だからといって誘いを受けても、リリーシャのダンスは付け焼《や》き刃《ば》。なんとか基礎《きそ》のステップを踏《ふ》める程度でしかない。ダンス相手は悪意に満ちた伯爵だ。偶然《ぐうぜん》を装って転ばされ、恥をかかされるのは間違《まちが》いなかった。

　どちらを選んでも、リリーシャの、ひいては恋人《こいびと》であるルクスの評判が落ちるのは避《さ》けられそうもない。どうにか打開策がないか考えていると、伯爵の腕《うで》がリリーシャの手を摑《つか》んだ。

「ほら、ちょうど曲の切れ目のようです。一緒に次の曲を踊りましょう」

　振り払《はら》うことも出来ず、引きずられるように会場中心に足を進める。

　歪《ゆが》んだ満足感と嘲笑《ちょうしょう》をたたえた伯爵の顔に、かつて迫《せま》ってきた求婚者《きゅうこん》たちの顔が重なる。情けなさと悔《くや》しさに顔を伏《ふ》せる。すると伯爵の腕の感触《かんしょく》と、酒臭《くさ》い体臭《たいしゅう》を意識してしまった。

　嫌悪感に身を震《ふる》わせると、ふいに腰《こし》に強い力がかかる。

「彼女と踊るのは私だ。返してもらおう」

「きゃっ」

　ぐいと引き寄せられ、背後へと――ルクスの腕の中へと抱《だ》き寄せられる。

　懐《なつ》かしく安心できる体温に包まれ、体のこわばりがほどける。

　衆目の前でダンスの相手を奪《うば》われた伯爵が、屈辱《くつじょく》に顔を歪めた。今にも叫《さけ》びそうな様子だったが、リリーシャの恋人で王子でもあるルクスに、正面から文句を言う度胸は無いらしい。

リリーシャがほっと一安心すると、小声でルクスが話しかけてきた。

「おまえ、先ほどの酒精はもう抜《ぬ》けて、足元はしっかりしているよな？」

「えぇ。けど、どうしよう。実は伯爵にはめられて――」

「わかっている。どうせ、踊りを披露《ひろう》せざるを得ない状況《じょうきょう》に追い込まれたんだろう？」

「ごめんなさい、迂闊《うかつ》だったわ」

「謝る必要はない。美しく踊れれば、それで問題は無いのだろう？」

「でも、私じゃ無理よ」

「心配するな――おまえは、黙《だま》って俺に身を預ければいい」

耳元で低く囁《ささや》かれた声に、その艶《つや》に、音を立てて鼓動《こどう》が跳《は》ねる。

不意打ちに赤くなった顔を背けると、楽団が奏でる旋律が流れ始めた。

ルクスに導かれ、慎重《しんちょう》にステップを踏み始める。

右、右、左、右、膝《ひざ》を折り曲げ、一礼してターン。

初めこそ必死だったが、思いのほか体が軽く、すいすいと足が動く。

音楽を聴《き》く余裕《よゆう》も生まれ、ぴったりと曲に合わせることができた。

(すごく動きやすいし、楽しいわ)

まるで、体に羽が生えたよう。力強いルクスのリードに導かれ、旋律に身をゆだねる。うっとりと夢見心地《ごこち》で踊っていると、周囲から感嘆《かんたん》の声が聞こえた。

「美しいですわね」「あぁ、ずっと寝込《ねこ》んでいた箱入り令嬢《れいじょう》とは信じられないですな」「見てください、あの情熱的な殿下《でんか》の眼差《まなざ》し」「呼吸もあっていますし、お似合いですね」

賛辞の嵐《あらし》に包まれ、ルクスと一体となって踊り続ける。

このままずっと踊っていたいと、演奏が終わらなければいいのにと強く願う。

しかし無情にも時はすぎ、最後の一音が残響《ざんきょう》となって消滅《しょうめつ》する。万雷《ばんらい》の拍手《はくしゅ》が沸《わ》き上がる中、ルクスと二人、月明かりのバルコニーへと飛び出した。

「ありがとうルクス。円舞曲《えんぶ》が、あんな楽しいものだったなんてね……」

周囲に人影《ひとかげ》が無いことを確認《かくにん》し、リリーシャは満足げに呟《つぶや》いた。

火照《ほて》った肌《はだ》に、夜風があたって気持ちいい。心地よい疲労感《ひろうかん》に身を浸《ひた》しつつ、リリーシャはルクスへと問いを投げかけた。

「でもルクスは、どうしてあそこまで私に合わせることができたの？」

ルクスは屋敷内ではリリーシャに触《ふ》れようとしなかったため、一緒にダンスの練習をしたことはない。なのに先ほどのダンスは息がぴったりで、信じられないほど体が軽かった。

「おまえのレッスン内容は、フェリルから報告を受けていたからな」

「それだけで、あんなにも完璧《かんぺき》に？」

「先日も言ったが、おまえのことは、普段《ふだん》から見守っているからな。そこから癖《くせ》を見抜《みぬ》いて、

それらしく動きをあわせただけだ」

「そ、そうだったの……」

ずっと見ていたと告げられ、改めて気恥《きは》ずかしくなる。

ルクスからしたら、リリーシャが失敗を犯《おか》さないよう見張っていただけかもしれない。

それでも、こちらの好物を知って差し入れしてくれて、今回もピンチを救ってくれた。とてもありがたかったし、彼なりの優《やさ》しさだと感じられて、ぽっと胸が温かくなった。

「王宮に来て色々あったけど、ルクスがいてくれれば頑張《がんば》れそうよ」

「……そうか」

笑顔《えがお》で告げると、なぜかルクスは横を向いてしまった。

月光を浴び深い影の落ちた横顔は、まるで彫像《ちょうぞう》のように整っている。

改めてその美しさに見惚《みと》れていると、ルクスが薄《うす》く唇《くちびる》を開いた。

「おまえは、俺を恨《うら》んではいないのか？」

「私が、ルクスを？」

「家から引き離《はな》され仕事を休むことになって、大量の知識や役割を押し付けられたんだ。おまえはもっと、弱音や恨み言を言ってもいいはずだろう？」

真摯《しんし》なルクスの言葉に、リリーシャは心の内をさらった。

確かに、賃仕事の信用を失ったのは痛い。無断で姿を消したリリーシャを食堂の女将《おかみ》さんも心配しているだろうし申し訳なかったが、それはあくまでリリーシャ側の問題だ。

「………不安や不満はあるけど、それをルクスにぶつけるのは違《ちが》うと思うの。だってルクスも、契約《けいやく》に巻き込まれただけでしょ？」

「だが、令嬢生活を強要したのはこの俺だ」

「いいえ、選んだのは私よ」

リリーシャは背筋を伸《の》ばし断言した。

どんなに理不尽《りふじん》な選択《せんたく》でも、それを決めたのは自分だ。自分が選んだと思えばこそ、辛《つら》い目にあっても頑張れるし、踏ん張りが利《き》くのだ。

やせ我慢《がまん》かもしれないが、ただの小娘《こむすめ》でしかないリリーシャが歩いていくには手放せない思いだった。

「………おまえは強いな」

「そんなことないわ。それに令嬢生活を始めて、嫌《いや》なことばかりではなかったもの」

リリーシャは言うと、王宮に来てからの日々を思い描《えが》いた。

「ダンスは楽しかったし、リンゴの甘煮《あまに》はおいしかったし――ルクスと出会えたんだから」

「俺と？」

「私、ルクスにはたくさん助けられてるし、支えてもらってるわ。契約が結ばれたのは偶然だけど、それでも、その相手がルクスで私は良かったと思うの」

「…………」

驚《おどろ》いたように、ルクスが目を見開く。

無防備なその様子がおかしくて、リリーシャは少しだけ笑ってしまった。

「おい、笑うな」

「ごめんなさい。でも、そんな表情見たの初めてで、びっくりしたの」

「…………今まで、おまえみたいな人間に会ったことは無かったからな」

ルクスは言うと、バルコニーからホールの方へと向き直った。

「夜はまだ長い。舞踏会《ぶとう》はこれからが本番だ、そろそろ中に戻《もど》るとするぞ」

「えぇ」

差し出された腕に、そっと腕を重ねる。

ルクスのリードに合わせながら、リリーシャはふと聞き損《そこ》ねた事柄《ことがら》に思い至った。

(そういえばさっき、ルクスはどこに行っていたのだろう?)

伯爵《はくしゃく》にダンスに誘われた時、ホールの中にルクスの姿は無かった。

何をしていたのか少し気になったが、それを言葉にする間もない。ホールからの光とざわめきが、二人の全身を包み込むように降り注いだのだった。

「くそっ!!　あの小娘がっ!!」

舞踏会の閉幕後、ゲルトルード伯爵邸《てい》では主《あるじ》である伯爵の罵声《ばせい》が吹《ふ》き荒《あ》れ、花瓶《かびん》や彫像の破《は》砕《さい》音が続いていた。

「許せんっ!!　生意気な小娘が、このわしに恥《はじ》をかかせおって!!」

憎《にく》き小娘――百合《ゆり》の君への怒《いか》りを吐《は》き捨て拳《こぶし》を握《にぎ》る。

百合の君をダンスへと引きずり出し、醜態《しゅうたい》を晒《さら》させることができたはずだった。

なのに実際は直前でルクスが現れ、自分が笑いものにされて終わってしまったのだ。

伯爵は苛立《いらだ》ちのままに邸内を歩き回り、物や使用人、契約獣《けいやくじゅう》たちに当たり散らしていった。

「きゃわんっ!?」

腹をけり上げられた犬形の契約獣が吹き飛び、ひきつれた悲鳴をあげる。

この契約獣は珍《めずら》しくも美しくも無い種族だが、だからこそ自由に扱《あつか》うことができる。

契約獣の怯《おび》えきった様子に溜飲《りゅういん》をさげ少しだけ落ち着くと、恐《おそ》る恐る従僕が近づいてきた。

「伯爵さま、先ほど裏口に、差出人不明の手紙が投げ込まれておりました」

「なんだと？　そんなもの、どうせ悪戯《いたずら》か嫌がらせのどちらかだ。そちらで処分しておけ」

「はい、ですが、かなり高級な紙が使われているようで……」

従僕は腰《こし》が引けた様子で、四角い封筒《ふうとう》を差し出した。

伯爵は鼻を鳴らすと素手《すで》で封を破り、ざっとその中身を検《あらた》めた。

読み進めるうち、伯爵の顔面から怒りが払《ふっ》しょくされ、代わりに笑みが広がっていく。

「……なるほど、どうりであの小娘、無礼で恥知《はじし》らずなわけだ。たかが平民が、このわしを虚仮《こけ》にしおって。今に後悔《こうかい》させてやるから、見ておれよ――」

伯爵は暗い光を瞳《ひとみ》に宿すと、分厚い唇を歪《ゆが》め、くつくつと笑声《しょうせい》をあげた。

嗜虐《しぎゃく》心に満ちたその笑いに、犬形の契約獣が尾《お》を垂らしたのだった。

第四章　あなたと紅茶と企みと

（はぁ～）

リリーシャはここのところ、ため息をつくことが多くなっていた。

伯爵邸での舞踏会からずっとルクスは忙《いそが》しく、満足に会話する余裕《よゆう》も無い。

（ルクス、最近は顔色悪いわよね。ろくに睡眠《すいみん》時間もとれてないみたいだし、食事を抜《ぬ》かすこともしょっちゅうだもの……）

このままでは、いつか倒《たお》れるのではと不安だ。

ルクスの多忙《たぼう》の一方、リリーシャも契約解除方法の探索《たんさく》が進まず、手詰《てづ》まり感が強かった。

読み終えた魔術書《まじゅつしょ》を閉じ顔をあげると、顔を曇《くも》らせたテオと目があう。

「気分がすぐれないみたいですけど、大丈夫《だいじょうぶ》ですか？」

「あ、ごめんなさい。心配をかけてしまって……」

こちらを気遣《きづか》うようなテオに、慌《あわ》てて謝る。

なんでもないと誤魔化したが、テオの表情は晴れなかった。

「やはり僕では、あなたの調べもののお力にはなれませんか？」

「そんなことないですわ。とても助かっています」

顔をうつむけてしまったテオに、心からの謝意を示す。

テオには、『知り合いが契約獣との契約を解除できなくて困っている』と伝えてある。

今日も何か解決策がないかと、図書館で書籍《しょせき》を一緒《いっしょ》に読み漁《あさ》ってくれていたのだ。

「そもそも探し物自体が、雲を摑《つか》むようなものなのですもの。テオが協力してくれて、それだけでも心強いですわ」

「僕にはもったいないお言葉です。ただ………」

「ただ?」

「もし差し支《つか》えなければ、お心を悩《なや》ませる事柄について、お教えいただいても?」

「それは………」

言い淀《よど》みながらも、リリーシャは考えた。

ルクスの過労について、アルフには相談しにくい。フェリルは論外だ。

ならば一人で悩んでいるよりも、テオの意見を聞いてみるのもいいかもしれない。

心の内を打ち明けると、テオは納得《なっとく》したような表情を浮《う》かべた。

「つまり、恋煩《こいわずら》いですね」

「こ、恋?」

「そうです。激務をこなす殿下《でんか》の御身《おんみ》が心配で、ため息をつくほどに心を痛める。それほどまでに、恋人である殿下のことを慕《した》っているのですよ」

違う。ルクスとはあくまで、偽《にせ》の恋人関係だ。

だが体面上否定することも出来ず、リリーシャはごまかしの笑《え》みを浮かべた。

「えぇ、そうかもしれませんわね。殿下のお力になりたいのですが、お仕事を手伝うわけにもいきませんし、負担になるだけでしょうから……」

「でしたら、殿下の息抜《いきぬ》きになるよう、紅茶を淹《い》れてみてはいかがでしょうか？」

「紅茶？」

「はい。ちょうど僕、殿下のお好きな銘柄《めいがら》を持っていますから、持ってきましょうか？」

「それはありがたいですけど、どうして殿下の好みをテオが知っているんですの？」

「少し前、殿下に紅茶をおだしする機会があったんです」

「え？　殿下は大の契約獣嫌《けいやくじゅうぎら》いなのに、テオは知り合いなのですか？」

「それはその、ちょっとした縁《えん》がありまして………」

テオは言うと、困ったような笑みを浮かべて黙《だま》り込んだ。

(どういうことかしら？　気になるけど、交友関係は人それぞれだものね)

これ以上この場で追及《ついきゅう》する気にもなれず、リリーシャは話を戻した。

「でも、よく殿下の好みがわかりましたわね」

「ちょうどその頃《ころ》、主様《あるじ》が行方《ゆくえ》不明になったばかりで、僕も落ち込みが酷《ひど》かったんです。殿下も気を遣ったのか、僕を励《はげ》まし、紅茶についても褒《ほ》めてくれたんです。お世辞だったのかもしれませんが、紅茶を飲む際の満足げな表情は本物だったと思います」

「そうだったんですの。………でも、紅茶ですか」

紅茶は、遠く東方より運ばれた茶葉を用いる高級品。平民のリリーシャにはなじみが無い。紅茶の淹れ方に不慣れな以上、どうしても味は劣化《れっか》してしまうだろうし、茶葉を駄目《だめ》にしてしまっては勿体《もったい》ない……。

と、そこまで考えたところで、閃《ひらめ》くものがある。

(ん、ちょっと待って？　だったら、私の慣れたものを出せばいいんじゃない？)

リリーシャは思いつきのままに、手元の紙へと、必要な材料を書き記し始めた。

「よし、これで完成っと」

リリーシャは皿に料理を盛り付けると、満足げに掌《てのひら》をはたいた。

皿に並んでいるのは、つまみやすいように小さくパンを切った軽食だ。

パンにはそれぞれ、香草《こうそう》焼きの仔牛《こうし》肉に、塩づけタラ、ブルーベリーのジャムが挟《はさ》まれている。どれもルクスの好物――おそらくは、間違《まちが》いないはずだ。

ルクスがリリーシャを見ているように、リリーシャだって、毎日ルクスを見ていたのだ。

何度も食事を共にしていれば、なんとなく食の好みもわかってくるもの。

以前、リリーシャが風邪《かぜ》をひいた時でも、好物のリンゴの甘煮《あまに》は食べられたのだ。

忙しさで食欲を無くしているルクスも、これくらいの軽食ならつまめるはずだ。

リリーシャの料理の腕《うで》は屋敷《やしき》の料理人たちには及《およ》ばないが、こういった軽食は食堂での経験があるぶん得意だった。

厨房《ちゅうぼう》長に礼を言い、盆《ぼん》を手に厨房を出る。盆の上には軽食を盛った皿と、厨房長に淹れてもらった紅茶がのせられている。

紅茶を零《こぼ》さないよう歩いていると、足元にウサギ形の契約獣《けいやくじゅう》がじゃれついてきた。

「駄目よ、今は熱いものを運んでいるから危ないわ。あとでブラッシングしてあげるから、向こうの部屋で待っててね」

注意すると、契約獣は耳をしんなりさせつつも、素直《すなお》にリリーシャに従ってくれた。

契約獣が与《あた》えられた部屋へと戻《もど》っていくのを見送ると、再び歩き出す。

すると今度は前から黒雀が飛んできて、リリーシャの肩《かた》へととまった。

「ぴぃ?」

黒雀が小さく首を傾《かし》げ、丸い瞳を瞬《しばた》かせてさえずった。

(かわいい。……かわいいんだけど、ルクスの部屋に連れて行っちゃだめよね)

契約獣嫌いのルクスのもとへ黒雀とともに行っても、お互《たが》い不幸になるだけだ。

「ごめんね黒雀。悪いんだけど、少しだけここで待っていてね」

「ぴぃ……」

仕方ないなぁと、そう言いたげに一鳴きすると、黒雀は肩から飛び立っていった。

黒雀たちには悪いが、早くしないと紅茶が冷めてしまうのだ。

(それにしても、どうしてこの屋敷にはたくさんの契約獣がいるのかしら。ルクスに聞いても、仕事の一環《いっかん》だからってはぐらかされるばかりだし……)

気になる。契約獣嫌いのはずが、テオとも知り合いだったようだし、色々と謎《なぞ》が多かった。

(まぁでも、無理に聞き出すようなことでも無いわよね。私に言いたくないことだってあるだろうし、忙しい今、無駄《むだ》な時間をとらせたら悪いもの)

そうつらつらと考えながら歩きつつも、どこか物足りなさを感じた。

何だろうと考えると、ニノがいないことかもと思い至った。

(そういえば今日は、ずっとニノと別行動だったわね)

いつもなら一日の半分はドレスの隠し《ポケット》で眠《ねむ》っているニノが、朝御飯《あさごはん》以降、半日以上も姿を見せていなかった。

どこにいったか気になるが、晩御飯の時間になれば自然と現れるはずだ。

そう思いつつ階段を上り、長い廊下《ろうか》の先のルクスの書斎《しょさい》を目指す。

部屋の前までくると、細くドアが開いているのに気が付いた。

(珍《めずら》しいわね、ルクスってこういうとこはキッチリしてるはずなのに)

疑問に思いつつ軽く扉《とびら》を叩《たた》いてみるも、反応は無かった。

どこか別の部屋にいっているのかと、そっと隙間《すきま》から覗《のぞ》いてみると、長椅子《ながいす》からはみ出した長い脚《あし》が目に入る。どうやらルクスは仮眠《かみん》中のようだ。わざわざ起こすのも忍《しの》びなくそっとドアをしめようとした直前、ルクスの腹の上に茶色い毛玉を発見した。

(え、あれってニノ?)

仰向《あおむ》けに横たわったルクスの腹の上に、くるりと丸まって眠るニノの姿がある。

(どうしてニノが、ルクスの近くに?)

ひょっとしてルクスが扉を閉め忘れたせいで、ニノが入り込んでしまったのだろうか。

原因はわからないが、ルクスが目を覚ました時、不機嫌《ふきげん》になるのは間違いない。

ルクスが眠っているうちに、そっとニノを回収しておいた方がいいだろう。

リリーシャは音を立てないよう扉を押し開くと、書斎机の上に静かに盆を置いた。

ルクスを起こさないよう、ゆっくりと足音を殺して近づく。

すると、あと少しでニノに手が届くところで、ルクスが小さくうめき声をあげた。

「クリス……ティーナ、いか……ない、でくれ」

すがるように。あるいは懇願《こんがん》するように。

普段《ふだん》のルクスからは想像できない弱々しい口調に、リリーシャは驚《おどろ》いて動きを止めた。

「どうして……クリスティーナ。あんなに愛していたのに……」

クリスティーナ。女性の名だ。だがルクスの肉親や公《おおやけ》に親しい人間に、クリスティーナという女性はいなかったはずだ。

(つまりルクスの、本物の秘密の恋人《こいびと》……？)

本物の恋人。そう呟《つぶや》くと、心に小さく隙間風が吹《ふ》いたような寂《さび》しさを感じた。

(考えてみれば当たり前よね。ルクスって口は悪いけど意外と優《やさ》しいし、顔もいいもの。恋人がいる方が自然だわ………)

心の片隅《かたすみ》に生まれた動揺《どうよう》を否定するように、ぎゅっと目をつぶる。

数秒して目を開くと、先ほど感じたしこりは跡形《あとかた》も無く消え去っていた。

(それより今は、ニノのことを捕《つか》まえないと)

ゆっくりとニノに向かって手を伸《の》ばす。しかしその途中《とちゅう》で、気配に気が付いたニノの耳が動いた。しまったと思う間もなく、ニノが覚醒《かくせい》し体をぶるぶると震《ふる》わせる。続いてルクスがまぶたを押し開け、紫水晶《アメジスト》の瞳《ひとみ》と視線が絡《から》んだ。

「起こしてしまってごめんなさ――――きゃっ⁉」

視界が回転し、背中に強い衝撃《しょうげき》と痛みを感じる。

呆然《ぼうぜん》と瞳を見開くと、目の前に鋭《するど》く瞳を光らせたルクスの顔がある。

リリーシャはルクスに覆《おお》いかぶさられるようにして、背中から長椅子に押し倒《たお》されていた。

「ル、ルクス!? 寝《ね》ぼけてるの？　私よ、リリーシャよ!?」

跳《は》ねまわる心臓を押さえつけ、ルクスと見つめあうことしばし。

「……なんだ、おまえか」

ルクスは何度か瞬《まばた》きをすると、リリーシャの上から体をどけた。

「すまなかったな。寝首をかきにきた敵かと思って、つい反射的に組み伏《ふ》せてしまったようだ」

「私のこと敵だと思ったの？　つい組み伏せたって、どれだけ物騒《ぶっそう》な毎日を送ってるのよ」

「心配するな。普段の俺ならもっと早く、他人に部屋に入られた時点で目が覚める」

「そ、そうなの。でも、じゃあなんで、さっきは私が近づくまで眠り込んでたの？」

問いかけると、ルクスが小さく呟いた。

「…………安心、していたのかもな」

「え、何？　聞こえないわ」

「なんでもない。おそらくは、これも契約《けいやく》の副作用だろう。俺とおまえは、ある種一心同体の状況《じょうきょう》だ。だからおまえを他者だと認識《にんしき》できず、至近距離《きょり》にこられるまで気が付かなかったんだろう」

「なるほど、そういうことだったのね」

リリーシャは納得《なっとく》してうなずくと、長椅子の座面から背を離《はな》し立ち上がった。

ドレスを整えつつ視線をさまよわせるも、すでにニノの姿は部屋の中にない。かわりに床《ゆか》に散らばった書類が目に入る。先ほどルクスに押し倒された際、机の上に置かれた紙片《しへん》を引っかけ、ばら撒《ま》いてしまったのだろう。

かがみ込み書類を拾おうとすると、頭上で息を呑《の》む気配がした。

「触《さわ》るなっ!!」

「っつ!!」

鋭い制止の声に身をすくませていると、ルクスが素早く書類を回収してしまった。

「急に声を荒《あら》らげて悪かったな。俺の仕事に関《かか》わる機密書類だったんだ」

「そうだったの。こちらこそ勝手に触ろうとしてごめんなさいね」

「そこはお互い様だが、そもそもおまえは、どうして眠っている俺に近づいてきたんだ?」

「ルクスの上にニノがいたから、連れ戻そうと思ったのよ」

「……………そうか、悪かったな」

ニノのことを告げると、なぜかルクスが一瞬《いっしゅん》言葉に詰《つ》まった。

どうしたのかと思っていると、ルクスがごほんと咳《せき》ばらいをする。

「それより、あそこにある盆はなんだ? 今日は夕食も夜食もいらないと、そう厨房長に伝えてあったはずだぞ?」

「やっぱり、今日も食事を抜《ぬ》くつもりだったの？」

「必要最低限の栄養はとっているから、放《ほう》っておけ」

「それじゃ体が弱っちゃうわ」

リリーシャは盆から軽食の皿をとり、ルクスの前へと差し出した。

ルクスは興味が無いようだったが、パンに挟《はさ》まれている具材が自らの好物揃《ぞろ》いだと気づくと、驚いた様子でリリーシャを見つめた。

「おまえには、俺の好物は話していないはずだぞ？」

「前に、ルクスが私の好物を当てた時と同じよ。口に出さなくても、何回も食事を一緒《いっしょ》にしていれば、なんとなくわかるものよ」

「………そうか」

そういったルクスはどこか嬉《うれ》しそうだった。軽食に指を伸ばし美味《おい》しそうに食べる姿に安心し、リリーシャはほっと胸をなで下ろした。

「うん、旨《うま》かったぞ。初めて食べる料理だが、どの料理人が作ったものなんだ？」

「ありがとう。それを作ったのは私よ」

「おまえが？」

「私にはこれくらいしかできないし、料理というほどでもない、おつまみみたいなものよ」

「いいや、十分にありがたい。また作ってくることを許可してやってもいい」

「えぇ、そうさせてもらうわね」

ルクスなりの賛辞に、リリーシャは小さく頬を緩《ゆる》める。

リリーシャは上機嫌《じょうきげん》のまま、ティーカップと受け皿を差し出した。

白磁のカップにはすでに紅茶が注がれており、立ち上った香《かお》りがルクスの鼻腔《びこう》をくすぐった。

「この香りは……」

「あ、香りだけでわかる？　テオから、ルクスが好きな銘柄《めいがら》の紅茶だって聞いているの」

「そうか。しかし、よりにもよってこの紅茶をおまえと共に飲むとは、複雑なものだな」

「どういうこと？」

「あの日、おまえに召喚《しょうかん》された時、ちょうどテオの主《あるじ》の家を訪《おとず》れていたんだ」

「その時に飲んだのが、その銘柄の紅茶だったの？」

「あぁそうだ。紅茶を振《ふ》る舞《ま》われて一服していたはずが、気付いたら森の中にいたんだ。あの後はテオを誤魔化《ごまか》すのがたいへんだったな……」

「そうだったの。じゃ、今日こそはじっくり、この紅茶を味わってね」

「あぁ、ありがたく頂戴《ちょうだい》しよう。この紅茶もおまえが淹《い》れてきたのか？」

「残念だけど違《ちが》うわ。私じゃ不安だったから、かわりに厨房《ちゅうぼう》長に淹れてもらったの」

「後で厨房長にも礼を言っておいてくれ」

カップを持ち上げ、その縁《ふち》に唇《くちびる》をつけようとしたルクスだったが——急にその動きが止まった。

「どうしたのルクス？　ひょっとして、まだ熱かったかしら？」

「いや違う。ちょっと待て………」

言いつつも、ルクスの右腕《みぎうで》は一向に動かなかった。

じっと紅茶の液面を見ていたルクスだったが、その眉間《みけん》にしわが刻まれているのに気が付く。

もしかして、持ってくる途中で紅茶に糸くずか何かが入ってしまったのだろうか？

不安に思って見ていると、ルクスが紅茶を受け皿へと戻《もど》してしまった。

「すまない。せっかく持ってきてもらって悪いが、何故《なぜ》か急に頭痛がしてきたんだ」

「そう………」

飲んでもらえなくて残念だが、仕方ない。

眉間をおさえるルクスの顔色は蒼《あお》く、とても嘘《うそ》を言っているようには見えなかった。

「だったら、今日はもう横になった方がいいわ。頭痛に効く薬を手配してもらってくるわね」

「あ、あぁ。ありがとう、助かるぞ」

ルクスの礼をまともに聞くこと無く、逃《に》げるようにして部屋を飛び出す。

近くを通りかかった侍女《じじょ》に薬のことを頼《たの》むと、リリーシャは深くため息をついた。

(ルクスに悪いことしちゃったなぁ。私、遠慮《えんりょ》がなさすぎたわ)

ニノを回収するためとはいえ、勝手に部屋に侵入《しんにゅう》しルクスの仮眠《かみん》を妨《さまた》げてしまった。

ぐっすりと眠《ねむ》っているところをたたき起こされれば、頭痛が起きても不思議ではない。

(きっとルクスの頭痛も、私のせいよね)

少しはルクスと信頼《しんらい》関係を築けたと思ったが、しょせんリリーシャは部外者だ。

忙《いそが》しい中、部屋にまで押しかけてこられてルクスには負担だったのだろう。

(さっきだって書類を拾おうとしたら叱《しか》られてしまったもの。私、すごくルクスにとって迷惑《めいわく》だったのかも……)

リリーシャはうなだれると、改めてルクスとの間の壁《かべ》を感じ、深く顔をうつむけたのだった。


窓ガラスから晩秋の陽光が差し込み、王宮の廊下《ろうか》を淡《あわ》く輝《かがや》かせている。

金彩《きんさい》の施《ほどこ》された彫像《ちょうぞう》が並び、光を反射させる飾《かざ》り鏡が眩《まぶ》しい。

壁には歴代王の偉業《いぎょう》が描《か》かれた油彩画が、年代順に並べられ飾り付けられている。

それら一枚一枚が芸術的にとても素晴《すば》らしいものなのだろうが、今のリリーシャに、じっくりと鑑賞《かんしょう》するつもりは無かった。

(テオ、どこにいるのかしら……?)

リリーシャの若草色のドレスの隠し《ポケット》には、紅茶の茶葉が入っている。

数回分の茶葉をテオからわけてもらったが、ルクスが飲んでくれない以上使い道が無い。

テオに返そうと持ってきたのだが、いつもの時間の待ち合わせ場所に、彼の姿が見当たらなかった。

探し回るうち、あまり来たことの無い王宮の奥まった一角へと足を踏《ふ》み入れる。

周囲を見回しながら進むと、見覚えのある茶色い頭と困ったような笑顔《えがお》が目に入った。

「テオ、そんなところで一体どうしたのです？」

「百合《ゆり》の君さま!!　すみません、約束を破ってしまって」

こちらを見たテオの背後には、長剣《ちょうけん》を携《たずさ》えた二人の衛兵がいる。

「大丈夫《だいじょうぶ》ですわよ。それよりも、何か問題でも起こったのですか？」

「いえ、そういうわけではないのですが、この先に行こうとして止められてしまいまして」

「あちら側は宝物庫のある区画ですわよね。そんな所に何の用があるんです？」

「ついさっき、主様が行方《ゆくえ》不明になる前に宝物庫の一室を訪れていたと聞いたんです。だからもしかして、何か手掛《てが》かりがあるかもしれないと思ったのですが……」

言い淀《よど》んだテオの言葉を継《つ》ぐように、衛兵の一人が口を開いた。

「身分も定《さだ》かではない、主を伴《ともな》わない契約獣《けいやくじゅう》の立ち入りはこの先許されていない」

取り付く島もない衛兵の言葉に、テオが唇を噛《か》む。

主を思うその様がいたたまれなくて、リリーシャは咄嗟《とっさ》に声をあげた。

「ならば私百合の君が、テオの身元を保証しますわ。それなら問題ないでしょう？」

「はぁ。それはそうですが……」

衛兵達は態度を決めかねていたが、やがて渋々《しぶしぶ》と身を引き、行く手を開いてくれた。

「行きましょう、テオ」

「ありがとうございます。でも、僕なんかのためにいいんですか？」

「私だって、テオの主のことは心配です。問題の部屋を見てすぐに戻りましょう」

「はい。主様が訪れていたのは、この先にある《天球の間《てんきゅうのま》》という宝物庫だそうです」

テオの案内に従い早足に進むと、扉《とびら》の開放された、広々とした一室にたどり着く。

宝物庫と聞き、倉庫のような薄暗《うすぐら》い部屋を想像していたが、意外に室内は明るかった。

壁際《かべぎわ》に設けられた台座の上に、月や星座をモチーフにした彫刻や絵画が並べられている。

倉庫というより、展示室といったような様子だ。何組かの貴族たちが矯《た》めつ眇《すが》めつ、じっくりと美術品を鑑賞していた。

「ここにテオの主が、どんな用事で訪れたんですの？」

「それはわかりません。ただ、主様は、そちらの絵画を熱心に見つめていたそうです」

テオの指し示す先にあるのは、星空の下の湖畔《こはん》を描いた油彩画だ。

丁寧《ていねい》な筆致《ひっち》によって描かれているのが分かるが、これといった特徴《とくちょう》もない、よくある風景画のように見える。

「確かに美しい絵だと思いますけど、どうしてこれを見ていたのかしら？」

何か手掛かりはないかと観察していると、ふいに室内がざわついてきた。

絵画から視線を外し振《ふ》り返ると、そこに好ましくない姿を見つけてしまう。

「ゲルトルード伯爵《はくしゃく》……」

「おや、こんなところで会うとは奇遇《きぐう》ですな百合の君」

伯爵は目を細めて笑うと、突《つ》き出た腹を揺《ゆ》すって近づいてきた。

不仲と噂《うわさ》されている伯爵とリリーシャの対面に、部屋の中の人間の注目が集まってくる。

「お久しぶりですね、伯爵。こちらへは何のためにいらしたのですか？」

「美しい芸術品を眺《なが》め、精神的活力を補充《ほじゅう》しようと思っていたのですよ。ただどうも、至高の美術を楽しむこの場には不似合いな異物の姿が見えるのですがね」

ぎょろりとした伯爵の視線に、テオが体を震《ふる》わせる。

「あれの主は行方不明と聞いています。主無き今、ここには立ち入れないはずでは？」

「彼の身元は、私が保証いたしますわ」

「……さようですか。ならば問題ないのでしょう。失礼を申し上げてすみません。お詫《わ》びに、こちらに収められている美術品の来歴について、わしが解説いたしましょう」

「いえ、結構で――」

「まずこちらの絵画ですが、作者はエトリア地方で下絵を描いたという説が濃厚《のうこう》で――」

伯爵から離《はな》れるタイミングを逸《いっ》したリリーシャは、しかたなく拝聴《はいちょう》するふりをする。

テオがこれ以上伯爵の気を惹《ひ》くのを恐《おそ》れたのか、静かに傍《そば》を離れる気配がした。

（あぁもう、話が長くて鬱陶《うっとう》しい。でも、テオについて追及《ついきゅう》されるよりはマシかしら。絶対にネチネチと嫌《いや》みを言われると思ったから、意外だわ）

滔々《とうとう》と続く講釈《こうしゃく》に相槌《あいづち》を打つが、伯爵の話は長い。

内心で苛立《いらだ》ちをかみ殺していると、突然《とつぜん》背後から何かが倒《たお》れたような大きな音がした。

音の発生源を見ると、壁にかけられていた額縁《がくぶち》が床《ゆか》に落下してしまっている。

何があったのかと戸惑《とまど》っていると、伯爵が憤怒《ふんぬ》の表情を浮《う》かべて歩き出した。

伯爵は大股《おおまた》で落下した絵画へと向かっていたが、絵画の前を素通りし――そこから数歩の距離《きょり》にいたテオの腕《うで》を掴《つか》みねじあげた。

「きさまっ、絵画に何をしたっ⁉」

「痛っ‼　何ですかっ⁉　僕はあの絵に触《さわ》ってもいませんよ⁉」

「嘘をつけっ‼　わしは、おまえが慌《あわ》てて落ちた絵画から離れたのを見たぞっ⁉」

「ちょっと、テオを離してください‼　彼は何もしてませんわ‼」

テオの腕をとり、伯爵から引きはがす。

降ってわいた嫌疑《けんぎ》にテオは青い顔をしながらも、小さくリリーシャに耳打ちした。

「僕、見ました。さっきの音の直後、小さな影《かげ》が絵画から走っていくのを。犯人はたぶん小型の契約獣。……伯爵の指示だと思います」

悔《くや》し気なテオの言葉を受け、先ほどの室内の状況《じょうきょう》を思い浮かべる。

室内の貴族たちは自分と伯爵を観察しているか、それぞれの美術品を眺めていた。目撃者《もくげき》がいる望みは薄《うす》いし、契約獣のテオの証言だけでは取り合ってもらえないかもしれない。

他《ほか》にテオの疑いを覆《くつがえ》せないかと頭を回していると、伯爵が追い打ちをかけてきた。

「何をしているのですか、百合の君。早くその罪人、いえ害獣を引き渡《わた》してください」

「彼は無罪です。そちらこそ何か証拠《しょうこ》はあるのですか？」

「伯爵であるこのわしよりも、主《あるじ》もいない得体の知れない契約獣の言葉を信用するのですか？」

「彼の主は行方不明なだけです。それに彼の身元は、私が保証すると申し上げましたわ」

「ほう、では肝心《かんじん》のあなたさまの身元は、誰《だれ》が保証すると言うのですか？」

「私はルクス殿下《でんか》の恋人《こいびと》です。私を疑うということは、殿下を疑うということですわ」

「殿下のためをお思いすればこそ、お疑い申し上げているのです」

「……どういうことですの？」

伯爵は分厚い唇《くちびる》を笑みに歪《ゆが》め、声を低く潜《ひそ》め囁《ささや》いた。

「殿下はまだ若いぶん騙《だま》されやすい。例えば子爵令嬢《れいじょう》を名乗る、不遜《ふそん》な平民などにな」

「!?」

揺さぶりに思わず息を呑《の》む。その隙《すき》を見逃《みのが》さず、伯爵が小声で畳《たた》みかけてきた。

「どうする？　あの契約獣を庇《かば》うつもりなら、この場でおまえの正体について追及するぞ？」

「そんな戯言《ざれごと》、他の人間が耳を傾《かたむ》けると思いまして？」

「わしの言葉だけならな。だが、おまえがこの場にあやつを連れてきたのは、そもそも王宮の規約違反《いはん》だ。その点を突けば、おまえの素性《すじょう》について本格的に調査が入るぞ？」

「っ……」

「それが嫌《いや》なら、さっさとあやつを見捨てこの部屋を去るんだな」

伯爵の提案に、リリーシャは爪《つめ》が食い込むほど強く、ぎゅっと拳《こぶし》を握《にぎ》りしめた。

テオはただでさえ立場の弱い契約獣だ。そこに伯爵の悪意が加われば、どうなるかわかったものでは無い。

「………そちらの目的、テオを助ける交換《こうかん》条件は何ですの？」

「話が早いな。下賤《げせん》な平民だからこそ、尻尾《しっぽ》をふるべき相手はわかるのかな？」

伯爵は蔑《さげす》みを隠《かく》しもせずリリーシャの顔を覗《のぞ》き込み愉悦《ゆえつ》を浮かべた。

「何、簡単なことだ。おまえのやるべきことは――」

「私の恋人から離れてもらおうか、ゲルトルード伯爵」

「で、殿下っ!?」

肩《かた》にかかった手に驚《おどろ》き振り向くと、厳しく瞳《ひとみ》を光らせたルクスの姿がある。

ルクスはリリーシャを庇うように前に出ると、氷の彫像《ちょうぞう》のごとき厳粛《げんしゅく》な面持《おもも》ちでゲルトルード伯爵へと対面した。

「随分《ずいぶん》私の恋人と話し込んでいたようだが、何事だ？」

「百合《ゆり》の君の連れてきた契約獣が、絵画を落としてしまったのですよ」

「それは本当か？」

ルクスに目線を向けられ、リリーシャは大きく首を横に振った。

「違《ちが》います。テオは無実ですわ。やったのは、部屋に忍《しの》び込んだ小型の契約獣です」

「殿下、騙されなさるな。彼女は嘘《うそ》をついて――」

言い募《つの》る伯爵の言葉を、ルクスは掌《てのひら》を向けて制止した。

ルクスは右手を上着の隠し《ポケット》へと入れると、中から気絶した鼠形《ねずみがた》の契約獣を取りだした。

「なんだ、怪《あや》しい契約獣がいると思って捕《つか》まえておいたが、そういうことだったのだな」

「な、殿下っ⁉　そやつは一体⁉」

さきほどまでの余裕《よゆう》をかなぐり捨て、伯爵が狼狽《ろうばい》した声で叫《さけ》んだ。

「ここに来る途中《とちゅう》、廊下《ろうか》で偶然、気絶しているのを見つけたんだ。いくら小型の契約獣とはいえ、偶然にも警備が厳重なこの区画に入り込んでいたのは、すごいことだと思わないか？」

ルクスは何度も『偶然』という言葉を使っているが、決して目は笑っていない。

そのことに伯爵も気がついたのか、小さく身を縮こまらせ震えはじめた。

「伯爵が気になるなら、こいつの侵入《しんにゅう》経路や主についてしっかりと調べてもいいが、どうする？」

「……いえ、その契約獣にも悪気は無かったでしょうし、幸い絵画に目立った傷も無いようです。わざわざ殿下がお調べになるまでも無いかと」

「そうか。ならば私は、絵画の責任者に話をつけてこよう。いくぞ、百合の君」

幕引きとばかりに言い放つと、ルクスはリリーシャの手を引いて歩き出した。

ルクスの執務《しつむ》室まで連れてこられると、突き放すようにしてリリーシャの体が解放された。

「おまえ、どうしてテオを立ち入り禁止区域になんぞ連れ込んだんだ？」

「ごめんなさい」

「理由を言え。テオにそそのかされたのか？」

「私が勝手にやったのよ。あそこにテオの主の手掛《てが》かりがあるかも知れなくて、テオと一緒《いっしょ》に行けば何かわかるかもって強引《ごういん》に連れて行ったのよ」

「どっちにしろ同じだ。自分の不安定な立場を少しは考え――」

「熱くなってるとこ悪いけど、扉《とびら》の外まで声が漏《も》れてるよ？」

「フェリル!?　どうしてここに？」

開かれた扉の向こうに、ひらひらと手を振《ふ》るフェリルと、青ざめたテオが立っている。

「どうしてって、君を尾行《びこう》してたからだよ」

「尾行？」

「危なっかしい君を、ルクスが放《ほう》っておくと思うかい？　ずっと僕が監視《かんし》していたのさ」

つまり、さっきルクスがタイミング良く来てくれたのも、フェリルのおかげということだ。

リリーシャが礼を言うと、ルクスの咳払《せきばら》いが聞こえた。

「俺が間に合ったから良かったが、おまえは自分がどれだけ迂闊《うかつ》で愚《おろ》かな真似《まね》をしたか、きちんと理解できているのか？」

「百合の君を責めるのはやめてください!!　全部僕が悪いんです!!」

テオがルクスの前へ飛び出し、深く頭を下げた。

ルクスはテオを冷たく見下ろした。リリーシャとの言い争いを扉越《とびらご》しに聞かれていた以上、もはや優《やさ》しい王子の演技をする気はないらしい。

契約獣嫌《ぎら》いのルクスがテオにどんな罰《ばつ》を下すか恐《おそ》ろしくなり、リリーシャは青くなった。

「待ってルクス!!　テオは主のことを心配していただけなのよ!!」

「………主のことを思いやって、か」

苦虫を噛《か》み潰《つぶ》したような声で、ルクスが低く呟《つぶや》いた。

「そう言っておけば、全《すべ》て許されるとでも思っているのか？　これだから契約獣は嫌いなんだ」

「ルクス………」

「俺にも仕事があり忙《いそが》しい。おまえとテオには追って処罰《しょばつ》は知らせるから、全員この部屋から出ていけ」


リリーシャに下された処分は、屋敷《やしき》から出てはならないということだった。

処分から五日。リリーシャは軽率《けいそつ》な行動を反省していたから、自身の処遇《しょぐう》に不満は無い。

だが問題がある。ルクスも巻き込んでしまうことだ。

リリーシャが平民であることに何故《なぜ》か気づいていた伯爵《はくしゃく》など、屋敷の外に危険が多いのはわかる。そんな場所へと、リリーシャを出したくないというルクスの考えもわかる。わかるのだが、ずっと引きこもっていてはルクスに迷惑《めいわく》をかけるばかりで、リリーシャはとても心苦しかった。

「……このままじゃルクスの仕事にも支障が出ちゃうし、なんとか屋敷を出ることを許して欲しいの。これからは私も迂闊な行動はしないって、そう信じて欲しいのよ」

「それで作っているのが、その料金表ですか？」

呆《あき》れを滲《にじ》ませ、アルフが言う。

アルフは書物机に向かうリリーシャの持つ紙片《しへん》を手にとると、記された文章を読み上げた。

「一、私リリーシャが、王宮の規約を破った場合、それが意識的であったか無意識だったかを問わず、一回につき千マルツをルクスに支払《しはら》います。二、私リリーシャが、貴族令嬢《れいじょう》としてふさわしくない行いをした場合、一回につき五百マルツをルクスに支払います………」

書かれている項目《こうもく》は、ざっと二十件ほど。

アルフも全てを音読するのは諦《あきら》めたのか、紙片をリリーシャの前へと戻《もど》した。

「リリーシャ、なぜよりにもよって自分から、罰金《ばっきん》表など作ったのですか？」

「いくら私がルクスに迷惑をかけないと言っても、口先だけじゃ誠意は伝わらないと思うの。ルクスには何度もお金に汚《きたな》い部分を見せちゃってるから、こちらから罰金制度を申し出れば、少しは信用してもらえるかなって」

「確かに、リリーシャはかなりお金にがめつ………いえ、しっかりしていますが、わざわざそこまでしてやる必要は無いと思うのですが」

「元はといえば、私が悪いんだから当然よ。あ、もし実際に罰金を喰《く》らっても、その分は賃仕事を増やしてきっちりと返すつもりだから、食費や生活費については心配しないでね」

「私が心配しているのは、そんなことではありません」

アルフは机に手をつき、リリーシャの顔を覗き込んだ。

「リリーシャ。君がそこまでして譲歩《じょうほ》し協力してやる価値は、あの性悪王子にはありません」

「いいえあるわ。ルクスの恋人《こいびと》役を務めると決めたのは、私だもの」

「恋人役としてなら、もう十分でしょう。過酷《かこく》な令嬢修業《しゅぎょう》をこなし、恋人を演じるに足る知識と振る舞《ま》いを身に着けた。立派に役割は果たせていますよ」

「でも王宮の決まりを破って、ルクスに迷惑をかけてしまっているわ」

「それに関しては、既《すで》に処分が下されています。王子が自ら決めた処分です。その結果として王子が苦しむことになっても、しょせん他人事。なんらリリーシャに責任はありません」

「それはその、その通りなんだけど………」

わかってはいるが、なぜか素直《すなお》に首肯《しゅこう》することが出来ない。

思い悩《なや》むリリーシャに、アルフがついと蒼氷《そうひょう》色の瞳《ひとみ》を細めた。

「やはり、さっさとあの王子を縄《なわ》でふん縛《じば》って、拉致《らち》しておけば良かったですね」

「ら、拉致!?」

「契約で離《はな》れられないのなら、我が家の納屋《なや》にでも転がしておけば問題ありません」

「問題大有りよ!!」

「私、荒事《あらごと》には自信がありますから。証拠《しょうこ》を残すようなヘマは致《いた》しません」

「バレなくても駄目《だめ》っ!! ルクスって王子で、この国の重要人物なのよ!?」

「王子だろうが要人だろうが、リリーシャを悩ませる以上、ただのゴミ屑《くず》です」

「ゴミ屑………」

「というのはさすがに冗談《じょうだん》ですが、私はいつだって、リリーシャの味方です。本気でリリーシャが望むなら、あの王子一人くらいどうとでもできますから安心してください」

「本当に冗談よね？　とりあえず、この罰金表をルクスに渡《わた》してくるから、大人しくしててね？」

「はい、お待ちしています」

ルクスをゴミ屑呼ばわりしていた時の、剣呑《けんのん》な気配はどこへやら。

穏《おだ》やかな笑《え》みを浮《う》かべたアルフへと、リリーシャは顔をひきつらせたのだった。


リリーシャが罰金表を手にし、ルクスの部屋の前へやってくると、中から話し声が聞こえた。

先客に出直そうとしたが、漏れてきた声に自分の名を聞き思わず息を呑《の》んでしまう。

「こうして見ると、リリーシャもなかなか優秀《ゆうしゅう》な囮《おとり》だったよね」

扉越しにくぐもっているが、間違《まちが》いなくフェリルの声だ。

立ち聞きは悪いと思いつつ、囮という物騒《ぶっそう》な単語が引っかかり去りがたかった。

「あぁ、そうかもな。あいつのおかげで、伯爵の手駒《てごま》を捕《と》らえることができた」

「そこは王宮内でリリーシャを付け回す三下を捕まえた、僕の功績でもあるよ？」

「その点は感謝している。だがまさか、あそこまで伯爵が迂闊だとはな」

伯爵とはおそらく、ゲルトルード伯爵のことを言っているのだろう。

ますます気になり、足に根が生えたように動けなくなる。

「まぁあの伯爵、元々僕の一件で君のことは嫌《きら》ってたし、そんな君が契約獣《けいやくじゅう》とその主《あるじ》の誘拐《ゆうかい》事件を調査することになって、相当うっとうしかっただろうからねぇ」

誘拐事件とは、また穏やかでは無い話題だ。

じっと耳を澄《す》ませつつ、リリーシャは会話内容を自らの知識と照らし合わせ整理していった。

――どうも、ここのところ王都では、希少な契約獣を従えた人間の行方《ゆくえ》不明事件が頻発《ひんぱつ》していたらしい。被害者《ひがいしゃ》には貴族の人間も含《ふく》まれていたため、秘密裏《ひみつり》にルクスに捜査《そうさ》が回ってきたのだ。

(そしてテオの主も、伯爵の被害者の一人だった。ルクスとテオが知り合いだったのも、捜査の途中《とちゅう》で関《かか》わったからなのね)

主と契約獣は、必ずしも一対一の関係ではない。テオの主も、テオ以外にもう一体契約獣を従えていた。そしてそちらが希少な種類だったため、犯人の標的になってしまったのだ。

ルクスの屋敷にいた契約獣たちも、テオと同じようなパターンだ。彼らはテオと違《ちが》って人形をとれなかったため、捜査資料としてルクスが屋敷で保護していた。

――そうして様々な手を打ち事件を追ううち、ルクスは犯人へとたどり着いた。

ゲルトルード伯爵は、契約獣の収集癖《しゅうしゅうへき》にとり憑《つ》かれている。

伯爵は希少な契約獣を持った人間をさらうか殺すかし、契約獣を奪《うば》い取っていたのだ。

（ルクスは伯爵が犯人だと、私と会う前から気づいていた。伯爵邸《てい》での舞踏《ぶとう》会に参加したのも、こっそりと邸宅内を捜査するための口実だったのね）

いくつかの疑問が解消するが、まだ話は終わってはいない。

先ほど聞こえてきた《囮》という表現に、心臓が嫌な音をたてざわめいている。

暗い予想に押しつぶされそうになっていると、室内から決定的な言葉が聞こえてきた。

「でもほんと、伯爵も馬鹿《ばか》だよねぇ。いくら君を直接殺すことが出来ないからって、王宮内でリリーシャにまで手を出してくるなんて、見え見えの囮だってわからなかったのかな？」

「囮だとばれないよう演技していたから当然だ。俺が人前であいつに愛を囁《ささや》いていたのは、恋人に浮かれた馬鹿王子のフリをするためだったからな」

淡々《たんたん》とした声音《こわね》のルクスの言葉に、心の中に大きな亀裂《きれつ》が走るのがわかった。

（あぁなんだ、そういうことだったのね………）

ルクスがリリーシャに優《やさ》しかったのも、全《すべ》ては演技に過ぎなかったのだ。

リリーシャと契約で結ばれたのは、きっと本当に偶然《ぐうぜん》だったのだろう。

でもルクスは、その偶然を捜査に使うことにした。

リリーシャの存在を必要以上に王宮で見せつけ、ルクスの大切な存在だと印象付ける。

そうすればルクス本人には手出しできない伯爵が、リリーシャのことを人質《ひとじち》にしようとつけ狙《ねら》うと踏《ふ》んでいたのだ。

(伯爵《はくしゃく》が私の正体に気づいていたのも、必死に私のことを付け回していたからかしら?)

盗《ぬす》み聞きだけでは、まだわからないことも多かった。だがルクス達の口ぶり的に、事件は解決の方向へと動き出しているようだ。捜査が進めば、伯爵が捕《つか》まるのは確かだろう——リリーシャには、何も知らされないままに。

リリーシャは唇《くちびる》に自嘲《じちょう》を刻むと、ルクスの部屋に背を向けた。

(しょせん私は、ルクスにとってただの囮。信頼《しんらい》なんて欠片《かけら》もされてなかったのよ。それなのに罰金表《こんなもの》まで作って、馬鹿みたいじゃない……)

ぐしゃりと。手の中で罰金表を握《にぎ》り潰《つぶ》すと、自らの心も潰れたようで、少しだけ痛かった。


ルクス達の真意を知ってから、三日目の朝が来た。

アルフと食卓《しょくたく》についていると、食堂に入ってきたルクスに、本日の予定を告げられた。

「今日の昼過ぎに城下町にある孤児院《こじいん》を訪《おとず》れるから、そのつもりで準備しておけ」

「え、外に行くの? 屋敷《やしき》の中に閉じこもってるのはもういいの?」

「最近おまえは引きこもっているせいか、毎日浮かない顔をしているだろう? 王宮の外に出

て子供たちと触《ふ》れあえば、少しは気がまぎれるかと思ったんだ」

「そう、ありがとう」

気が晴れないのには別の理由があったが、口にすることは出来なかった。

(気遣《きづか》いは嬉《うれ》しいけど、本当に私のためだけかしら？　分厚い警備のしかれた王宮から出れば、物騒な目に遭《あ》いやすくなる。伯爵たちが動きを見せる可能性もあるんじゃない？)

前にルクス達が口にしていた囮という言葉が脳裏《のうり》をかすめ、疑心暗鬼《ぎしんあんき》に陥《おちい》る。

リリーシャは頭を振《ふ》り、暗い疑念を追い払《はら》おうとしたが――


馬車の車輪が石畳《いしだたみ》を嚙《か》むたび、細かな振動《しんどう》が体を突《つ》き上げる。

リリーシャは窓外を流れる景色へ暗い目を向けた。

馬車は王都の西部区域にある孤児院を目指しているはずだが、それにしては時間がかかりすぎている。さきほどから窓外に見える町並みは貧相だ。王都の中でも治安の良くない、人気の無い区域を走っているようだった。

「どうしたんですリリーシャ？　もしかして、振動に酔《よ》ってしまったのですか？」

「いいえ大丈夫《だいじょうぶ》よ。心配ありがとね、アルフ」

馬車の座席にはリリーシャとルクスに加え、アルフも腰《こし》を下ろしている。

アルフはルクスの《囮》発言を知らないはずだが、リリーシャの様子から何か察することがあったらしい。アルフには普段《ふだん》、貴族たちの興味を惹《ひ》かないよう屋敷の中で契約魔術《まじゅつ》の解除方法について調べてもらっていたが、本日はずっと行動を共にしていた。

（アルフに《囮》のことを教えたら、怒《いか》り狂《くる》ってルクスを縛《しば》り上げそうだものね……）

伝えるべきか迷ったが、そもそもが盗み聞きで得た情報のため後ろめたかった。

ルクス達が秘密裏に動いて伯爵を捕らえてくれれば、アルフがそれを知る必要も無く終わる話なのだが――――どうやら期待は外れたようだった。

前方から突如《とつじょ》、破裂《はれつ》音と馬車馬のいななきが響《ひび》き、馬車が急停止する。

座席にしがみついて衝撃《しょうげき》に耐《た》えていると、ルクスが立ち上がり扉《とびら》を蹴《け》りあけた。

「俺が外の様子を見てくるから、絶対に中から出るなよ!!」

ルクスは佩《は》いていた長剣《ちょうけん》を抜《ぬ》き放ち、勢いよく外へと飛び出した。

言われた通りアルフと二人で待っていると、外から剣戟《けんげき》の音と爆発《ばくはつ》音が聞こえてくる。

恐《おそ》る恐る窓から覗《のぞ》くと、何人もの賊《ぞく》たちを相手に、ルクスと護衛が立ち向かっていた。

鋭《するど》く速く煌《きら》めく剣尖《けんせん》と、高速詠唱《えいしょう》によって放たれる炎《ほのお》の矢。

まさしく天才とでも呼ぶべき卓越《たくえつ》したルクスの技量だが、いかんせん多勢に無勢だ。

ルクスとてそれがわからないはずはないのだが、表情にはなぜか余裕《よゆう》がある。

固唾《かたず》を呑みながらも見守っていると、賊の肩《かた》へと鋭く矢が突き立った。

賊が悲鳴をあげる中、建物の陰《かげ》から、剣と弓矢で武装した兵士たちが姿を現す。

（どうやら味方が現れたみたいね。やっぱりルクスは、この襲撃《しゅうげき》を予想していたんだわ）

あらかじめ馬車のルートを伝え、兵を配備しておいたのだろう。

頼《たの》もしいはずの増援《ぞうえん》の登場は、しかしリリーシャの疑いを裏付けていた。

兵士たちは賊を取《と》り囲むと、一人、また一人と取り押さえていく。

ルクスは賊が残らず捕らえられたのを確認《かくにん》すると、剣を収め馬車へと乗り込んできた。

「騒《さわ》がせて悪かったな。襲《おそ》ってきた賊は全て排除《はいじょ》したから、どうか安心してくれ」

「そう」

ルクスの顔を見られず視線をそむけると、心配げな声がかかる。

「顔色が悪いがどうしたんだ？　そんなに怖《こわ》かったのか？」

「違うわ。だって私、賊の襲撃があるかもって知っていたもの」

「それは一体、どういうことだ？」

「つっ!!」

とぼけるルクスが憎《にく》らしく、腹の底から怒りが湧《わ》き上がってくる。

「ふざけないでよ!!　私、囮《おとり》なんでしょう!?　わざと私を警備の薄《うす》い王宮外に連れ出して、襲ってきた伯爵の手下を捕まえる計画だったんじゃない!!」

「おまえ、どうしてそれを⁉」

「この前、フェリルと話してたのを聞いたのよ‼　私の存在が迷惑《めいわく》だったのかもしれないけど、だからって囮にして、アルフまでいっしょに巻き込むことは無いでしょう⁉」

「ちょっと待ってください。囮とはなんです？　説明してください」

アルフが柳眉《りゅうび》を吊《つ》り上げ、ルクスへと詰《つ》め寄る。

今にも手が出そうなアルフへ、リリーシャは盗み聞きした内容を語り聞かせた。

話を進めるうち、アルフの瞳《ひとみ》が蒼《あお》い炎となって燃え上がり、銀髪《ぎんぱつ》の表面に紫電《しでん》が弾《はじ》け始める。

ルクスはもはや誤魔化すことも出来ないと悟《さと》ったのか、ゆっくりと息を吐《は》いた。

「あぁそうだ。全てリリーシャの語った通りで間違《まちが》いない。すまなかったな」

ルクスは謝ると、深く深く頭をさげた。

だがアルフの怒りがそれしきで収まるわけも無く、身にまとう雷《かみなり》が激しくなっていく。

ルクスのことは許せないが、大怪我《おおけが》をさせるわけにもいかない。咄嗟《とっさ》にリリーシャは叫《さけ》んだ。

「私、今はルクスの顔なんて見たくも無いわ。アルフ、ついてきて‼」

馬車から飛び降り、早足で石畳の上を歩く。

アルフが背後から追いかけてくるのを確認すると、リリーシャは走り出したのだった。

狭《せま》い路地を駆《か》け抜け、いくどか角を曲がって走り続けていると、さすがに息が切れてくる。

そもそも契約《けいやく》がある以上、ルクスからあまり離《はな》れすぎるのも危険だ。

石壁《いしかべ》に手をついてかがみ込むと、頭上からハンカチが差し出された。

アルフは冷静さを取り戻《もど》したのか、何も言わずに寄り添《そ》ってくれている。

ハンカチを受け取って汗《あせ》を拭《ぬぐ》うと、リリーシャも少しだけ頭を冷やすことが出来た。

(少し、言いすぎちゃったかなぁ……)

走り際に見た、ルクスの傷ついた表情が目に焼き付いている。

そのせいで、こちらが悪者になってしまったような錯覚《さっかく》が心の中をかき乱していた。

勝手に囮にされたことは許せないが、大量に用意されていた増援から、リリーシャを傷つけるつもりが無かったのはわかる。

ルクスはあくまで仕事のためにリリーシャを利用しただけで、悪意が無かったのもわかる。

ちゃんと理解しているつもりだが、そう簡単に割り切れるものでもない。契約のためルクスから遠く離れることはできないが、せめて今だけは顔を合わせたくはなかった。

リリーシャが感情を持て余していると、はっとアルフが息を呑《の》む音が聞こえた。

「危ないっ‼」

「きゃっ⁉」

アルフに突き飛ばされ、路上を転がる。

痛みと衝撃をこらえて目を開く。倒《たお》れ込んだアルフの背中に、いくつもの氷の破片《はへん》が突き立っている。アルフは頭を打ったのか身動きせず、ぐったりと四肢《しし》を投げ出していた。

「アルフっ⁉」

「ちっ、小娘《こむすめ》の足を狙《ねら》ったが外したか」

聞き覚えのある声に、眼差《まなざ》しを険しくして振り向く。

瞳をぎらつかせたゲルトルード伯爵《はくしゃく》が、青い風切り羽を持った巨鳥《きょちょう》を従え立っていた。

「伯爵、どうしてここに⁉」

「わしは部下の働きは近くで見たい主義でな。あいにく部下たちは失敗したようだが、ここでおまえを見つけ出せたのも、わしの人徳と幸運のなせるわざだろうな」

伯爵は得意げに言うと、巨鳥へと指示を出した。

巨鳥のまわりにキラキラと輝《かがや》く氷の粒《つぶ》が生まれ、急速に鋭く大きくなっていく。

あれが、先ほどアルフを攻撃《こうげき》した正体だろう。再び氷の切っ先がアルフに向けられたのを見て、リリーシャは振り絞《しぼ》るように声を出した。

「やめて、私はどうなってもいいから、お願いだからアルフを傷つけないで」

「わしがそやつを生かす理由があるか？　さっさとそこをどけ」

「っ………‼」

唇《くちびる》をかむ。やはり伯爵は、リリーシャを誘拐《ゆうかい》するつもりらしい。そのためには目撃者であるアルフを生かしておく気もないのだろう。そうと知って動くこともできず、リリーシャはアルフを庇《かば》うように両腕《りょううで》を広げた。

「ふん、どかぬか。まぁいい、ならば動くなよ。これ以上逃《に》げられぬよう、おまえの手足を何本か潰《つぶ》させてもらおう」

宙に浮《う》かぶ何本もの氷片が、刃《やいば》となって一斉《いっせい》にこちらへと放たれる。

背後にアルフがいては避《よ》けることもできず、リリーシャはぎゅっと目を瞑《つむ》った。

激痛を覚悟《かくご》し歯を食いしばると、顔に生暖かい液体がかかる。

「え……？」

目の前にある、赤く染まったルクスの姿。

庇われたのだと理解したとたん、喉《のど》の奥から悲鳴がほとばしった。

「ルクスっ⁉　どうして私なんかをっ⁉」

倒れ込んできたルクスを抱《だ》き留《と》める。両腕にべったりと血が付着し、リリーシャを更《さら》なる絶望へと突《つ》き落とした。

「ほう、たかが平民のために身を投げ出すのか。たいした茶番だな」

伯爵は嘲笑《あざわら》っていたが、傍《かたわ》らの巨鳥の様子がおかしいのに気付き、眉《まゆ》をひそめた。

巨鳥は小さく羽を折りたたみ、怯《おび》えた小鳥のように身を震《ふる》わしている。

巨鳥の視線の先には、雷を迸《ほとばし》らせながら立ち上がるアルフの姿がある。

大気を焦《こ》がす紫電がひと際《きわ》激しくはじけ飛び、世界を白く染め上げていった。

「なっ!?」

光が収まる。その発生地点には、銀色の狼《おおかみ》がいた。

狼は人の背《せ》丈《たけ》ほどもある堂々たる体躯《たいく》で、艶《つや》やかな毛並みに燐光《りんこう》が宿っている。

「アルフ……」

リリーシャが、本性《ほんしょう》を顕《あら》わしたアルフの名を呆然《ぼうぜん》と呼ぶ。

アルフはリリーシャの無事を確認すると、獰猛《どうもう》な瞳を怯え震える巨鳥へと向けた。

一瞬《いっしゅん》の後、アルフの体から紫電がたち上り、咆哮《ほうこう》と共に青白い雷の槍《やり》が射出される。

狙い過《あやま》たず巨鳥を貫《つらぬ》いた雷は、一撃《いちげき》で相手を地に落とし気絶させていた。

「ひっ!!」

頼《たよ》りにしていた契約獣《けいやくじゅう》を無力化され、伯爵の喉から掠《かす》れた悲鳴が漏《も》れ出す。

アルフは捕食《ほしょく》者の瞳で伯爵を睨《にら》み付けると、再び雷光《らいこう》をまとい始めた。

「やめてアルフっ!!　それ以上力を使ったら駄目《だめ》っ!!」

リリーシャの必死の制止の言葉を受け、アルフの目に理性の光が戻る。

その隙《すき》に伯爵が逃げ出したのを見て、アルフも牙《きば》をおさめた。

アルフはそのままリリーシャの傍らへと身を寄せると、頽《くずお》れるようにして身を伏《ふ》せた。

「アルフ、どこか痛いところは無い？　体は大丈夫《だいじょうぶ》？」

問いかけを、アルフは頭を振《ふ》って否定した。

契約者を持たないアルフが無理に強力な雷を操《あやつ》れば、すぐさまその反動が襲ってくる。

もはや声を出す余力も無いようで、人形をとることもできず弱弱しく目を瞑っていた。

「うっ……。伯爵は逃げたのか？」

掠れた声にはっとし、膝《ひざ》の上のルクスへと視線を向ける。

「おまえが無事で、よかった………」

「なんで!?　どうして私をかばったのよっ!!　私なんか、ただの囮《おとり》だったんでしょう!?」

「あぁ……でも体が動いていっ、ごほっ!!」

「血がっ!!　そんなっ!!」

「お……まえが嘆《なげ》く必要は無い。全《すべ》て……俺が自分で選ん……だことだ。今度こそ俺は、守ることが………できたんだからな………」

「嫌《いや》っ!!　ルクスっ、お願い目を開けてっ!!」

蒼白《そうはく》な顔に何度名を叫んでも、両のまぶたが動くことは無い。

視界が黒く塗《ぬ》りつぶされるような絶望にあえぐと、頬《ほお》に柔《やわ》らかく湿《しめ》った感触《かんしょく》を感じた。

「泣かないでください、リリーシャ」

アルフは温かい舌でリリーシャの涙《なみだ》を舐《な》めとると、その胸元《むなもと》に顔を近づけた。

リリーシャの肌《はだ》を傷つけないよう、牙でドレスだけを破る。露《あら》わになった鎖骨《さこつ》の下には、揺《ゆ》れるペンダントがある。アルフは鎖《くさり》に牙をあてると、一息に食いちぎり奪《うば》い去った。

「熱っ⁉」

ペンダントが離れた途端《とたん》、左胸の契印が強い熱を放ち脈打つ。

たまらず胸元を押さえると、ルクスのうめき声が聞こえた。

「な、んだこれは？　傷跡《きずあと》が消えていく……？」

見る見るうちに肉が盛り上がり、皮膚《ひふ》がつながって傷一つない肌へと修復されていく。

リリーシャが言葉を失って見守っていると、ルクスが己《おのれ》の体を眺《なが》め立ち上がった。

「どういうことだ？　俺は何故《なぜ》立つことができる？　瀕死《ひんし》の傷のはずだったぞ？」

「ル、ルクス？　体は痛くないの？」

「あぁ。かすり傷程の痛みも無い。一体全体、何が起こったんだ？」

「わからないわ。でも契印が熱くなったから、何か契約の力が働いたのかも？」

「そんなはずはない。確かに、契約獣は主《あるじ》から供給された魔力《まりょく》で傷を癒《いや》すことができる。だがそれは契約獣が異世界の住人であり、この世界での肉体が仮初《かりそ》めのものでしかないからこそ出来る芸当だ。おまえと契約をむすんだとはいえ、俺は人間だ。人間の傷を即座《そくざ》に癒す術など、大陸中のどこにも存在していないはずだぞ？」

「けど、さっきの傷が幻《まぼろし》ってことも無いわよね…………」

幻では無い証《あかし》に、ルクスの服は赤黒く変わり果てている。石畳《いしだたみ》の上にも赤い血だまりが広がり、リリーシャのドレスの裾《すそ》をひたひたと侵《おか》している。出血量的に致命傷《ちめいしょう》は間違《まちが》いない。

呆然とリリーシャが座り込んでいると、ルクスの腕《うで》が差し出された。

「立てるか？　そのままだと、おまえまで血で汚《よご》れてしまう」

「ええ、わかったわ――――」

立ち上がろうとするも足に力が入らず、全身が泥《どろ》のように重い。

怠《だる》さを自覚すると、底なし沼《ぬま》に引きずりこまれるように意識が沈《しず》み込んでいく。

「おい、どうしたんだっ⁉」

狼狽《ろうばい》した叫《さけ》びと、体を揺する振動《しんどう》。

ルクスに答える余裕《よゆう》も無く、リリーシャの意識は深い暗闇《くらやみ》へと滑《すべ》り落ちていった。


その後リリーシャは、意識を失っている間に屋敷《やしき》の寝室《しんしつ》に運ばれたらしい。

目を覚ますと、枕元《まくらもと》には心配そうに寄り添《そ》うニノがいた。寝台の横には狼の姿のまま瞳《ひとみ》を閉じたアルフ。部屋の片隅《かたすみ》には黒雀や屋敷の契約獣《けいやくじゅう》たちが座り込んでいる。

寝台から身を起こし、ニノと黒雀達の頭を安心させるように撫《な》でてやった。

彼らが安心したのを確認《かくにん》すると、熟睡《じゅくすい》するアルフの背中へ手を当てる。

アルフはその牙にリリーシャのペンダントを引っかけ、離《はな》さないよう口を閉じていた。

（アルフはどうして、あの時私からペンダントを奪い去ったんだろう……）

色々と聞きたいことはあるが、今は雷《かみなり》の行使で消耗《しょうもう》したアルフを休めることが優先だ。

あれだけ派手に力を使ったのだから、これから数日は目を覚ますことも無いはずだ。

リリーシャがアルフの毛皮に顔をうずめていると、寝室の扉《とびら》が小さく控《ひか》えめに叩《たた》かれた。

「リリーシャ起きてる～？　寝《ね》てるなら入らないから、返事して欲しいな～」

「……………起きてるわよ」

いい加減な呼びかけに答えると、フェリルが赤い毛髪《もうはつ》を揺らして入室してきた。

「眠《ねむ》り姫《ひめ》のお目覚めだね。ちなみに、今は君が倒《たお》れてから一晩あけた昼だよ」

「ルクスはどうなったの？　ちゃんと生きてるわよね？」

「うん、ピンピンしてるよ。血まみれで帰ってきた時は驚《おどろ》いたけど、返り血だったみたいだね」

「そう……………」

安堵《あんど》に胸をなで下ろす。やはりルクスの傷は治っていたのだ。リリーシャが意識を失い倒れたのは、傷を癒すため魔力がルクスへと流れ込んでいたからかもしれない。

(助かってよかったけど、人間の傷が一瞬で治るなんて普通《ふつう》ありえないわよね……)

リリーシャが考え込んでいると、興味深そうにこちらを見つめるフェリルと目があった。

「君、ルクスに対しては怒《おこ》ってないんだね？　囮にされてたって知ったんだろ？」

「えぇ。フェリルもグルだったんでしょ？　悪いけど、この前立ち聞きさせてもらったわよ」

「うん。ま、僕は謝る気はないけどね。ルクスが望むならそれに協力するだけだし、正直君が死のうが生きようが、どっちでもいい暇《ひま》つぶしになると思ってたし」

「…………清々《すがすが》しく人でなしな言葉をありがとう」

「僕は人間じゃないから、当たり前だろ？」

「契約獣だって、良心を持った子はちゃんといるわよ」

「そこはほら、人間と同じように契約獣にだって悪いやつはいるってことさ」

フェリルはおどけて肩《かた》をすくめると、話題をルクスへと戻《もど》した。

「それで君、どうするの？　囮計画を知って、それでもルクスを許せるのかな？」

「わからないわ。囮にされたのは嫌だけど、ルクスが私を助けてくれたのも本当よ」

命がけで、致命傷を負ってまで庇《かば》ってくれたルクス。

その真意はわからないが、リリーシャを傷つけまいという意思は本気だったのだろう。

リリーシャはぎゅっと寝衣をつかむと、揺れる思いを言葉にして吐《は》き出した。

「ルクスのこと、信じたいわ。だから直接会って話がしたいの。今から大丈夫かしら？」

「うーん、ちょっと無理かなぁ。今は行方《ゆくえ》不明事件の捜査《そうさ》の大詰《おおづ》めなんだ。まだ決定的な証拠《しょうこ》は見つかっていないし、肝心《かんじん》の伯爵《はくしゃく》の身柄《みがら》は押さえられてないいんだよね」

「どれくらい時間がかかりそうなの？」

「ルクスが直接現場で指揮をとればすぐに伯爵を追い込めそうだけど、屋敷から離れられないみたいだからね。君との契約のせいで離れることが出来ないんだろ？　妬《や》けちゃうね」

「あれ？　フェリルって契約のこと、いつの間に知っていたの？」

「君を抱《かか》えて屋敷に帰ってきたルクスに相談されたのさ」

「そうだったの」

　ルクスはきっと、瀕死の傷が治るという異常事態に疑問を抱《いだ》き、フェリルに知恵《ちえ》を求めたのだろう。今更《いまさら》ばれたところで、ルクスを深く深く愛するフェリルになら問題ない気がする。

「契約について、今まで黙《だま》っていてごめんなさいね」

「ま、僕は人でなしだからね～。言わなくて正解だったと思うよ。それに契約に導かれて君が来たおかげで、ルクスの新たな一面が見られたから、僕は何も損をしてないしね」

「……なんというか、フェリルは本当にブレないわね」

「どういたしまして。君も見習うといいよ？」

「……遠慮《えんりょ》しておくわ」

「あはは、ま、どっちみち君みたいな子じゃ、百年たっても無理だろうからね」

フェリルはわざとらしくため息をつくと、懐《ふところ》から薄《うす》い手紙をとりだした。

「これ、テオって契約獣《けいやくじゅう》からの手紙だよ。君は体調を崩《くず》して寝込んでいることにしてあるから、心配してるみたいでね。念のためルクスと僕で中身をあらためさせてもらったら、明日の昼過ぎにお見舞《みま》いに訪問したいって書いてあったんだけど、どうする？」

「ルクスが許してくれるなら、この屋敷に招きたいのだけどいいかしら？」

「それなら、ルクスには僕から上手《うま》くいっておくよ。君はこれに返信を書いとくといい」

フェリルは新品の便箋《びんせん》を取り出し、リリーシャへと手渡《てわた》したのだった。


翌日屋敷に見舞いにきたテオは、手土産《てみやげ》として紅茶の茶葉と茶菓子《ちゃがし》を持参していた。

以前テオから茶葉を譲《ゆず》ってもらった時、結局リリーシャはその紅茶を飲むことが出来なかった。そのため今日は、テオが自ら紅茶を振《ふ》る舞《ま》ってくれるという。

客人に紅茶を淹《い》れさせるなんて、と思ったが「これくらいしか、僕があなたのために出来ることはありませんから」と言われれば断れなかった。

リリーシャはテーブルに置かれたカップをとると、そっと唇《くちびる》へとあてがった。

ます」

テオがほっとしたように息をついた。

「ここのところ人に紅茶を振る舞う機会がなかったので、実は少しだけ自信が無かったんです」

「喜んでいただけて光栄です」

リリーシャが感想を述べると、

「……すごく美味《おい》しいですわ」

「まぁ、もったいない。これだけ美味しい紅茶なのにどうしてですの？」

「いつも紅茶を飲んでくれていた主様《あるじ》がいないからです。最後に誰《だれ》かに紅茶をお出ししたのも、我が家にルクス殿下《でんか》がいらっしゃった時のことで、もう二ヶ月近く前になりますね」

「そうでしたの。ところで前から気になっていたのですけど、テオはいつごろ、どこで殿下とお知り合いになったのかしら？」

「それはその、偶々《たまたま》王宮内を歩いている時に声をかけられまして……」

リリーシャが茶飲み話を装って聞くと、テオが少しだけ返答につまった。

（契約獣嫌《ぎら》いのルクスがどうしてテオと知り合いなのか不思議だったけど、ルクスの裏の仕事を知れば簡単なことだったのね。テオが言い淀《よど》むってことは、二人が面識を得たのは、テオの主が事件に巻き込まれた後。調査のためにやってきたルクスと知り合いになったってとこでしょうね）

脳裏《のうり》で答え合わせをしていると、ドレスの隠し《ポケット》がもぞもぞと動いた。

（あれ、ひょっとしてニノ、紅茶と茶菓子の匂《にお》いにつられて目を覚ましたのかしら？）

どうも最近のニノは、ドレスの隠し《ポケット》で昼寝《ひるね》をするのがお気に入りらしい。よく黒雀と隠し《ポケット》の縄張《なわば》り争いをしては、潜《もぐ》り込んで眠りこけていた。

（そういえば今にして思うと、契約獣嫌いのルクスの屋敷に大量の契約獣がいたりで、ルクスの裏の顔の片りん《へん》はあちらこちらに見え隠れしていたのよね）

リリーシャにもう少し周りを見渡《みわた》す余裕があれば、もっと早くに気付けたかもしれない。

気付いたところでルクスと更《さら》に拗《こじ》れただけかもしれないが、やはり複雑な思いだった。

「あの、どうしたんですか？　もしかして、お茶菓子の方がお気に召《め》しませんでしたか？」

黙り込んでいたせいか、ティーポットを手にしたテオが不安げに眉《まゆ》を曇《くも》らせた。

「いえ、違《ちが》いますわ。こんな美味しい紅茶を毎日飲めるなんて、テオの主は幸せ者だなと羨《うらや》ましくなったんですの」

「ありがとうございます。僕も、早くまた主様に紅茶をお出ししたいです……」

声を落ち込ませたテオに、リリーシャは失言を悟《さと》った。

（しまった。テオの主は、まだ自宅に戻ってきていないのよね）

伯爵を追いつめ事件の解決が見えてきていたが、いまだ行方不明の人間や契約獣は多い。テオの主と、彼が所有していた希少な契約獣もその一例だ。

契約獣は契約を交《か》わした主の命が途切《とぎ》れれば必ず気づくと言うから、テオの主は殺されてはいないはず。しかしだからと言って、茶飲み話にふさわしい話題でないことは確かだった。

せっかくのお茶会の雰囲気《ふんいき》を壊《こわ》して焦《あせ》っていると、不意にくらりと目まいを感じた。

（へ…………？）

視界が揺《ゆ》れ動く。頭が重い。腕《うで》に力が入らず、手からカップが滑《すべ》り落ちる。体を支えられず、テーブルの上へと倒れ込んだ。

落ちたカップから紅茶がこぼれ、純白のテーブルクロスに歪《いびつ》な染《し》みを広げていくのが見える。

「な……に……こ、れ……？」

「すみません。でも、許してくれとは言いません」

動けなくなったリリーシャを、テオが介抱《かいほう》するでもなくじっと見つめる。

なぜそんなに冷めた表情をしているのかと疑問を持つ余裕《よゆう》すらなく、リリーシャの意識は急速に蝕《むしば》まれていった。

第五章

王子の主は私です

「ここは、どこ………?」

リリーシャが目を覚ますと、そこは暗く粗末《そまつ》な見知らぬ一室だった。窓の鎧戸《よろいど》は全《すべ》て落とされ、光源は古ぼけた燭台《しょくだい》が一つだけ。

床《ゆか》から起き上がろうとすると、両腕《りょううで》が縄《なわ》で括《くく》られ、背中に回されていることに気付いた。

「お目覚めですか?」

「っ、テオ⁉」

部屋の暗がりから、テオがこちらへと歩み寄ってくる。揺れ動く燭台の灯《あかり》を反射し、顔の鱗《うろこ》がぬらりとした光沢《こうたく》を放った。

「なぜ私は縛《しば》られているんですの? 助けてくれませんか?」

「僕には無理です。それにあなたも、無理に上品な言葉を使う必要はありません」

「どういう意味かしら?」

「ゲルトルード伯爵から聞きました。あなたの本名はリリーシャ。貴族ではないのでしょう?」

「なんですって⁉　テオも伯爵《はくしゃく》の一味だったたっていうの⁉」

あれ程優《ほどやさ》しく、主想《おも》いだったテオが？

否定して欲しかったが、返された答えは無情なものだった。

「はい。リリーシャの紅茶に眠《ねむ》り薬を入れたのはこの僕です」

「嘘《うそ》よ。だって伯爵は、テオの主を誘拐《ゆうかい》した犯人で………」

言葉を切り、唇を噛《か》みしめる。そう、誘拐だ。てっきり、テオは主の不在に心を痛めていただけだと思っていたが違った。伯爵に主を人質《ひとじち》にとられ、脅《おど》されていたのだろう。

「宝物庫で伯爵と出会ったのも、偶然《ぐうぜん》じゃなかったのね？」

「えぇ、僕は伯爵に指示された台本をこなしたまでです」

「王宮の中庭で倒《たお》れ込んでいたのも、私の気を惹《ひ》いて知り合いになるためだったの？」

「あなたがあの中庭に来る可能性があると、そう聞いていましたから」

「………最初から全部、私を騙《だま》すためだったのね」

「これも全ては、主様のため。主様に再び紅茶を飲んでいただくためなんです」

言い切ったテオの瞳《ひとみ》には、暗く静かな決意が燃えている。

テオはきっと主のためなら、なんだってする覚悟《かくご》なのだろう。

どのような手段で、リリーシャを屋敷《やしき》から誘拐したのかはわからない。だがテオの来訪は、フェリルや屋敷の住人に知られてしまっている。リリーシャが姿を消せば、すぐにテオに疑いが向けられるはず。伯爵達がテオを庇《かば》うとも思えなかった。

「テオ、考え直して。あなたが不幸になったら、きっと主も悲しむわ。私がルクスを説得するから、一緒《いっしょ》に伯爵に立ち向かいましょう？」

「僕がそちら側につけば、主様は殺されてしまいます。念のため言っておきますが、主様が捕《と》らえられているのは、ここことは別の建物です。どうやって助け出すつもりなんですか？」

「場所はどこなの？」

「教えられるわけありません。この部屋の扉《とびら》の外にも、見張りが耳を澄《す》ませていますから」

「――その通りだ」

「ゲルトルード伯爵っ⁉」

「おまえのような平民は、やはりそうして這《は》いつくばっているのがお似合いだな」

屈強《くっきょう》な男達を従え、伯爵が部屋へと入ってくる。

リリーシャが睨《にら》み付けると、伯爵に憎々《にくにく》し気に胸を踏《ふ》みつけられてしまった。

「ぐっ、何するのよっ⁉」

「苦しめ。たかが小娘《こむすめ》が、このわしにたてついた罰《ばつ》と知れ」

伯爵の踵《かかと》に、更なる力が加えられた。肋骨《ろっこつ》が圧迫《あっぱく》され、息が吸い込めなくなる。

激痛と呼吸困難に喘《あえ》いでいると、テオの助け船が出された。

「伯爵、おやめ下さい‼　彼女はルクス殿下《でんか》に対する大切な人質です」

「ふん。仕方ないな」

「がはっ、げほごほっ!!」

解放されたリリーシャは必死になって空気を求め、勢いよくせき込んだ。

死ぬかと思ったが、まだこちらを殺すことは出来ないらしい。

(……だったら出来るだけ会話して、伯爵から情報を引き出さないと)

伯爵はリリーシャを無力化したつもりだろうが、ルクスとの契約《けいやく》までは知らないはずだ。

リリーシャとルクスの間には、お互《たが》いの居場所がわかるという契約の繋《つな》がりがあった。

おまけに、二人は一定距離《きょり》以上離《はな》れられないという制約がある。ここが王宮内の建物だとは思えないが、契印がうずいていないということは、ルクスがかなり近くに来ているはず。

おそらくリリーシャの誘拐に気づき、急いで追ってきてくれているのだろう。

「私を捕まえてどうするつもり？　誘拐事件について、ルクスに見逃《みのが》してもらおうとでも思っているの？」

「おまえの命と引き換《か》えなら、あやつも縦に首を振《ふ》るだろうからな」

「私はただの町娘よ。そんな私のために、王子であるルクスがうなずくはずがないわ」

「だがおまえは恋人《こいびと》なのだろう？　おまえの様な賤《いや》しい小娘のどこがいいかはわからないが、先日あやつはおまえを守るため、氷の刃《やいば》に身をさらした。あの時血まみれになったあやつは、死んでいてもおかしくなかったはずだ」

毒づく伯爵に、リリーシャはドキリとした。

やはり先日のルクスの傷は、他人からも致命傷《ちめいしょう》に見えたらしい。

「わしのことを何度も邪魔《じゃま》しおって、しぶとく厄介《やっかい》な男だ。今度こそは殺したと思っていたのに、何故《なぜ》かまたもや死なぬ。本人を殺せないとなれば、もう人質をとるしかないであろう？」

『今度こそ』、『またもや』？」

不吉《ふきつ》で物騒《ぶっそう》な言い回しに眉《まゆ》をひそめていると、胸の契印が熱を帯びた。そっと契印に注意を向ける。鎧戸のおろされた窓の向こうからかすかに引っ張られるような感覚がある。

至近距離までルクスがきているのだ。

「あぁそうだ。てっきりあの時あやつは――――っ!?」

鋭《するど》い風切り音と共に、壁《かべ》と鎧戸が幾百《いくひゃく》の欠片《かけら》となって吹《ふ》き飛ぶ。

室内を荒《あ》れ狂《くる》う突風《とっぷう》が蠟燭《ろうそく》を吹き消し、暗闇《くらやみ》が伯爵らを襲《おそ》った。

「くそっ!!　何事だ!?」

外は夜だったようで、今や指先一つ見えない有様だ。伯爵が狼狽《ろうばい》し、部下たちを怒鳴《どな》りつける。視界を奪《うば》われたのはこちらも同じだが、リリーシャに動揺《どうよう》は無い。契印のおかげで、ルクスとお互いの位置を把握《はあく》することが出来るからだ。

「リリーシャ、無事か？　動けるか？」

「えぇ、無事よ。ただ、腕《うで》を後ろで縛られているの」

「よし、ここだな。動くなよ」

ルクスの腕が、リリーシャの背中と腕を触《さわ》る。ブツリと小さな音と共に、両腕が自由になった。暗闇の中、器用にルクスが縄を切ってくれたようだ。

リリーシャが強張《こわば》った腕を動かしていると、部屋が赤く照らしだされる。燭台に火を戻《もど》すことに成功した伯爵が、敵意も露《あら》わに睨み付けてきた。

「きさまっ!! 何故ここにいる!? 尾行《びこう》などされていなかったはずだぞ!?」

「つまらない質問だな。そんなこともわからないのか？」

「なんだとっ!?」

ルクスは伯爵を嘲笑《あざわら》うと、リリーシャの手を取って立ち上がらせ抱《だ》き寄せた。

「運命で結ばれた恋人の居場所くらい、男なら誰《だれ》だってわかるものだろう？」

「ルクスっ……」

甘い声と共に力強く抱きしめられ、鼓動《こどう》が跳《は》ね上がる。

契約のおかげで居場所がわかりました、と言うわけにいかないのはわかる。誤魔化しのためのセリフでも、密着した体勢ではいささか心臓に悪かった。

「ならば恋人もろとも、二人そろって死ぬがいいっ!!」

伯爵の号令と共に、武器を手にした男たちが殴《なぐ》り掛《か》かってくる。

「俺から離れるなよ!!」

ルクスは一声叫《さけ》びリリーシャをきつく抱《いだ》くと、右手に長剣《ちょうけん》を構えた。

片腕《かたうで》で男たちをいなしつつ呪文《じゅもん》の詠唱《えいしょう》を紡《つむ》ぎ、魔術の刃で反撃《はんげき》を与《あた》えていく。

ルクスはリリーシャという重荷をものともせず、着実に男達を仕留めていった。

「さて、残っているのはおまえだけだが、どうする？」

もはや伯爵は逃《に》げ出しており、立っているのはテオだけだ。

暗い表情のテオが顔をあげ、懐《ふところ》から小刀を抜《ぬ》き放ち切りかかってきた。

「がっ‼」

ルクスの剣で峰打《みねう》ちにされ、テオの体が頽《くずお》れる。

なおも立ち上がろうともがくテオの手から、ルクスが小刀を蹴《け》り飛ばした。

「まさかおまえが、伯爵側についていたとはな」

テオを見下ろすルクスの声は、苦々しい響《ひび》きに満ちていた。

「おおかた、主《あるじ》の安全を盾《たて》に脅されていたのだろう？」

「ええ。そのために、あなたには死んでもらわないといけなかった」

「見上げた忠義心だが、一人よがりだな。主と離され、弱体化した契約獣《けいやくじゅう》でしかないおまえが、この俺を殺せるとでも――」

「やめて、ルクス。それよりも今は、早く伯爵達を追いましょう」

魂《たましい》が抜けたようなテオを見ていられず、ルクスの言葉を遮《さえぎ》る。

リリーシャはテオに視線を合わせると、落ち着かせるように語り掛けた。

「ねぇテオ、あなた、伯爵達《はくしゃく》の別の根城を知っているのでしょう？　そこに主が監禁《かんきん》されているなら必ず助け出して見せるから、場所を教えてくれないかしら？」

「嫌《いや》です。僕が漏《も》らしたとわかったら、すぐに主様は殺されてしまいます。僕は以前、ルクス殿下の暗殺に失敗しています。そのせいで、次は無いと言われています」

「俺の暗殺に失敗？」

テオの告白に、ルクスが眉根《まゆね》を寄せた。

「この前街中で襲われはしたが、おまえの姿は無かったはずだぞ？　俺に他《ほか》の心当たりはないし、何か勘違《かんちが》いしているんじゃないか？」

「殿下こそ、何を言っているんですか？　二ヵ月ほど前、主様の屋敷《やしき》にいらした時、僕が出した紅茶を飲みましたよね？」

「あぁ。とても旨《うま》い紅茶だったと印象に残っているぞ」

ルクスが記憶《きおく》を反芻《はんすう》しつつ言うと、テオが暗い目をした。

「どうして褒《ほ》めるんですか？　あれは――――毒入りの紅茶だったんですよ？」

「毒っ!?」

「ちょっとテオ、どういうことっ!?」

「あの当時から、伯爵は事件を嗅《か》ぎまわる殿下をうとましがっていました。かといって、腕の立つ殿下《でんか》を力ずくで殺すのは難しい。そこで僕に役目が回ってきたんですよ。殿下を毒殺し、王族殺しの汚名《おめい》を僕一人が被《かぶ》るなら、主様の命は助けてやるといわれました」

テオは懺悔《ざんげ》すると、大きく息を吐《は》き出した。

「でも僕は失敗してしまった。確かに殿下に毒を飲ませたはずなのに、少し目を離したすきに、殿下の姿は消え失《う》せてしまっていた」

――紅茶を飲み、姿を消したルクス。

『あの日、おまえに召喚《しょうかん》された時、ちょうどテオの主の家を訪《おとず》れていたんだ。紅茶を振《ふ》る舞《ま》われて一服していたはずが、気付いたら森の中にいた』

かつてルクスが語った言葉が蘇《よみがえ》る。思わぬ一致《いっち》に、リリーシャは悪寒《おかん》で身を震《ふる》わせた。

「嘘《うそ》よっ!! じゃあどうして、ルクスは今も生きているのよ⁉」

「今更《いまさら》僕が嘘をつくと思いますか？」

「それは……。でも、どうして？」

「僕の方こそ、何があったのか教えて欲しいですよ。僕はてっきり、殿下は毒殺計画に気づいていて、解毒剤《ざい》を用意していたと思ったんです。なのに殿下は、その後も僕の罪を糾弾《きゅうだん》することも無くリリーシャにかかりきりになっていて、もうわけがわからなかったですよ」

テオは疲《つか》れ果てたため息をつくと、ルクスへと視線を向けた。

「教えてください。殿下は一体、どうやって僕の毒殺から逃《のが》れたんですか？」

「俺は……」

先ほどから黙《だま》り込んでいたルクスが、掠《かす》れた声を落とした。

ルクスの腕越《うでご》しに、細かな震えを感じる。リリーシャは身をよじってルクスの腕から逃れると、振《ふ》り返ってその顔を見た。紫《むらさき》の瞳《ひとみ》が限界まで見開かれ、顔色はまるで紙のように白い。

「そうだ、思い出した。紅茶を飲んで、しばらくしたら胸が痛く、息が苦しくなって、眠《ねむ》くなって、それで、それで、俺は――」

ルクスは壁にもたれかかり、ズルズルと座り込んでしまった。

声をかけ揺《ゆ》すぶっても反応がなく、虚空《こくう》を見据《みす》えて放心している。そうしてルクスに気を取られていると、視界の端《はし》に、小刀を拾い上げるテオの姿が映った。

「危ないっ!!」

咄嗟《とっさ》にルクスの体を突《つ》き飛ばすと、肩《かた》に鋭い熱が走る。

熱はすぐさま痛みへと変化し、赤い鮮血《せんけつ》が宙へと飛び散った。

「リリーシャっ!?」

叫ぶルクスの声に、理性の色が戻る。

ルクスは再び襲い掛かってきたテオを手刀で気絶させると、リリーシャの体をかき抱《いだ》いた。

「おい、大丈夫《だいじょうぶ》かっ!?」

「痛いけど、腕は動くから大丈夫。ただ、足をひねっちゃったみたい」

安心させるようにリリーシャが微笑《ほほえ》むと、ルクスが泣きそうに顔を歪《ゆが》めた。

「どうしておまえは――」

「よし、あいつらまだいたぞっ!! 袋叩《ふくろだた》きにしろっ!!」

騒々《そうぞう》しい足音と金属の触《ふ》れ合う音が、あけ放たれた扉《とびら》の向こうから響いてくる。

逃げたと思っていた伯爵が、手下を引き連れ戻ってきたらしい。

「くそっ、とりあえず逃げるぞ!!」

足を怪我《けが》したリリーシャがいては不利だと悟《さと》ったのか、ルクスが叫んだ。

リリーシャはルクスに肩を支えられつつ、慌《あわ》てて外へと飛び出したのだった。


どんなものにも、光があれば闇《やみ》もある。

燦然《さんぜん》と煌《きら》めく王宮が光だとしたら、ここは間違《まちが》いなく王都の闇。

老朽化《ろうきゅう》した家々が傾《かたむ》いた壁《かべ》を晒《さら》し、うらぶれた路上にすえた臭《にお》いが立ち込める。

リリーシャが監禁されていた建物は、王都南方の貧民街、その中でもとりわけ治安の悪い一角にあったらしい。守護兵の巡回《じゅんかい》も無く、まともな人間の助けは期待できない。

町のあちこちには、伯爵の手下のごろつき達の姿がある。ルクスもリリーシャを支えたまま歩き回るのは無謀《むぼう》だと思ったのか、彼らに見つからないよう、うらぶれた廃屋《はいおく》へと身を隠《かく》した。

ルクスが廃屋内から見つけてきた椅子《いす》に、リリーシャは丁重《ていちょう》な手つきで座らされた。

ひとまずの安全に息をつくと、傍《かたわ》らに立つルクスの腕《うで》が震え、尋常《じんじょう》では無い様子に気付いた。

リリーシャはしばらく迷った後、そっとルクスの掌《てのひら》に触れた。

「ルクス、さっき何に気付いたのか、良かったら話してくれない？」

ルクスの震えを、その痛みを受け止めるよう、しっかりと手を握《にぎ》る。

リリーシャが辛抱《しんぼう》強く待っていると、ルクスが掠れた声で呟《つぶや》いた。

「俺はどうやらあの日一度、毒入りの紅茶で死んだみたいだな」

「死んだ…………」

予想していたうちの、最悪の事実を突きつけられ、リリーシャは声を震わせた。

「思い出したんだ。あの日、紅茶を飲んだ後苦しくなって、意識を失ったってことを。死んだ衝撃《しょうげき》のせいか記憶があやふやになっていたが、頭のどこかで覚えていたんだろうな。だからこそ、毒の入っていたのと同じ種類の紅茶を体が拒《こば》み、受け付けなかった。体は正直ってことだ」

ルクスは皮肉気に笑うと、リリーシャの手を振り払《はら》った。

「俺は死人だ。死人に手を摑《つか》まれるなど気持ち悪いだろう？　俺は向こうの部屋にいっているから、おまえは体を休めておけ」

離《はな》れていこうとするルクスの掌を、リリーシャはしっかりと握りこんだ。

「気持ち悪くなんかないわ。ルクスの手は温かいし、ちゃんと会話だってできるもの」

「だが、俺は……」

ルクスは、力なく頭を振ると黙り込んだ。

今の彼を一人にはしたくないと、強くそう思う。

「お願い、手を繋《つな》いでここにいて。私だって、こんな廃屋に一人にされたら怖《こわ》いのよ」

「……ふん、それなら仕方ないな」

ルクスが恐《おそ》る恐る、リリーシャの手を握り返してきた。

こんな時でさえ甘えるのが下手な彼が、少しだけおかしく、愛《いと》おしかった。

互《たが》いの体温を分け合うように、じっと手を握り合う。

ルクスはいくつか深呼吸すると、ため息のような声を出した。

「死んだはずの俺が今こうしていられるのは、きっとおまえのおかげだ」

「私の?」

「そうだ。おまえもずっと疑問に思っていただろう? 召喚魔術《しょうかんまじゅつ》とは、この世ならざる存在を呼び出す術。なのにどうして俺が呼び出されたのか、今ならわかった気がする」

「どういうこと?」

「俺は死者だったんだ。既《すで》に人間では無い、この世ならざる存在。だからこそ、おまえが召喚することが出来たんだろうな。この前瀕死《ひんし》の傷が治ったのも、俺が生きた人間ではなかったからこそ可能な芸当だったんだ」

どこか突き放すような言葉と口調だったが、ルクスの掌は震えていた。

（いきなり実は死んでました、なんて知っても受け止められないものね……）

自分だったらみっともなく泣き叫《さけ》んで取り乱し、引きこもってしまったかもしれない。

少しでもルクスの動揺《どうよう》を取り除きたくて、リリーシャは舌を動かした。

「大丈夫よ。今回のことを知っても、きっとフェリルの態度は変わらないわ」

「……それはそれで、憂鬱《ゆううつ》でうっとうしいな」

「フェリルだけじゃないわ。私もだから、安心して。死者だって言われてすごく不安だと思うけど、話を聞くくらいは出来ると思うから……」

励《はげ》ましの言葉が続かず、黙り込む。すると遠くの方から、小さく聞き覚えのある叫び声が聞こえてきた。伯爵《はくしゃく》がこちらを探している声だ。

「どうしよう。ここにいてもその内見つかっちゃうわよね？」

「先ほど確認《かくにん》できただけでも、伯爵の手下は十人以上いたからな。足をくじいたおまえを守りながら、それだけの人数を敵に回すのは厳しい」

「じゃあ、私はここで隠れてるわ。その間に、ルクスが相手を倒《たお》して――」

「駄目《だめ》だっ!!」

「きゃっ⁉」

怒鳴《どな》るようなルクスの声に、小さく悲鳴をあげてしまう。

「びっくりした。どうしてそんなに強く否定するの？」

「俺が外に出た後、一人になったおまえが襲《おそ》われるかもしれないんだぞ？」

「それは怖いけど、ここで二人して隠れててもどうにもならないと思うの。契印《けいいん》がうずくほど離れなければ、別行動だってできるでしょう？」

「あぁそうだ。だがもしそれでおまえが死んだら――俺はきっと、耐《た》えられない」

懇願《こんがん》するような紫の瞳が、一心にリリーシャを見つめる。

息を飲んだリリーシャは、ルクスの震《ふる》えが強くなったことに気付いた。ルクスも、震えを自覚したようだ。右腕《みぎうで》をリリーシャの手から引き抜《ぬ》くと、顔を覆《おお》って嘆息《たんそく》した。

「笑いたきゃ笑え。俺は臆病《おくびょう》なんだ」

「ルクス………」

「本当に怖いのは、自分が死んでいたことじゃ無い。俺に巻き込まれて、大切な何かが傷ついてしまうことなんだ」

ルクスは顔をうつむけると、自身の震える腕を見た。

「この震えのほとんどは、さっき血を流したおまえを見たせいだ。目の前で誰《だれ》かが傷つくくらいなら、俺自身が痛みを負った方が何百倍も気が楽だ」

「……だからルクスはこの前、私を伯爵の契約獣《けいやくじゅう》の攻撃《こうげき》から守ってくれたのね？」

「そうだ。今度こそ絶対に守りたいと、そう思ったんだ」

「今度こそ？」

「……俺には小さい頃《ころ》、可愛《かわい》がっていた犬形の契約獣がいて、どこに行くにも一緒《いっしょ》だった」

懐古《かいこ》に沈《しず》むルクスの瞳《ひとみ》を、愛おしさと痛みがかすめた。

「だが、妾腹《しょうふく》の王子である俺には敵が多くて、毎日のように嫌《いや》がらせをされていたんだ」

「酷《ひど》い。ルクスはまだ子供だったんでしょう？」

「王族とはそういうものだ。それに、嫌がらせされようが父上に無視されようが、あいつがいてくれたから、俺はそれで良かった——あの日、暗殺者に殺されかけるまでは」

「そんな、まさかその時に契約獣が………？」

「あぁ、死んだんだ。動けない俺を庇《かば》って血まみれになって、あいつは死んでしまったんだ」

ルクスは力を籠《こ》め、胸のあたりを摑んだ。

痛みをこらえるようなその仕草に、リリーシャの胸まで締《し》め付けられるようだった。

「もう二度と、あんな思いをするのはこりごりだと思った。だから身を守るため魔術を覚え、必死で剣《けん》のけいこをしたんだ」

「そうだったの……」

ルクスのすさまじい剣さばきと魔術は、深い後悔《こうかい》によって鍛《きた》えられたものだったのだ。

ルクスに才能があったのは間違《まちが》いない。だが決してそれだけではたどり着けない、血のにじむような努力があったはずだ。

痛ましく思いルクスを見ると、ルクスはふっと自嘲《じちょう》気味な笑《え》みを浮《う》かべた。

「だが俺は、どれだけ強くなろうが安心できなかった。心は弱いままだったんだ。だからこそ――契約獣なんて嫌《きら》いだと、そう言い放つことにしたんだ」

「つまりルクスは、本当は契約獣が嫌いなんじゃなくて……」

「嫌いじゃない、怖いんだ。親しい契約獣を作って、そいつが死んでしまうのが怖かったんだ」

ルクスは白状すると、前髪《まえがみ》をつぶすようにして額を覆った。

「もっとも、俺が怖かったのは契約獣だけじゃない。俺は誰か特定の人間と、必要以上に親しくなるのも怖くなった。だから屋敷《やしき》の外では猫《ねこ》を被《かぶ》って、当たり障りのない、誰にでも優《やさ》しく誰にも執着《しゅうちゃく》しない性格を演じることにしたんだ」

「………それを、子供の頃からずっと？」

「あぁ。例外はフェリルくらいだった。……おまえが、俺のもとにやってくるまではな」

せつなげな光が、ルクスの瞳に揺《ゆ》れる。

（……誰にも頼《たよ》れず、笑顔で王宮を渡《わた》り歩く。そんな生活、どれだけ寂《さび》しかったんだろう）

ルクスの心はきっとどうしようも無く凍《こご》え、愛し愛されることに飢《う》えていたのだろう――

―それこそ、見ず知らずの町娘《まちむすめ》だったリリーシャに、うっかり情を移してしまう程《ほど》に。

「我ながら、呆《あき》れる程に臆病で情けない話だ。だがそれでも、おまえをここに残して、それでもし何かあったらと思うと、体の震えが止まらないんだ」

溺《おぼ》れる者がするように、ルクスが強くリリーシャの手を握《にぎ》る。

もろく傷ついたその瞳に見つめられ、リリーシャの体の芯《しん》が震えた。

(すごくわがままで不器用で……でも、優しい人なんだ)

きっとその情の深さは、王族として生きるには足枷《あしかせ》となるものだ。王子としてふさわしくない弱さなのかもしれない――だが、だからこそ支えて力になりたい。彼が笑顔であれるよう、その心が曇《くも》らないよう力を尽《つ》くしたい。強く強く、そう思った。

(こんな気持ち、初めてだわ……)

リリーシャは戸惑《とまど》いつつも、あふれ出る感情に従うことにした。

ルクスのためにも、まずはなんとかこの危機を脱《だつ》しなければならない。

一番成功率が高いのは、ルクスが単独行動し、伯爵達を仕留めること。しかしルクスの腕《うで》はいまだ震えている。こんな状態で戦闘《せんとう》に臨《のぞ》んでも、満足に力を発揮できないかもしれない。

(じゃあ、どうする？　ルクスに落ち着いてもらうにはどうすれば……)

思い悩《なや》んで下を向いていると、胸元《むなもと》にある契印が目に入った。先ほど肩《かた》を切られた拍子《ひょうし》にドレスの合わせ目がほつれて布地がずり落ち、その分肌《はだ》が露出《ろしゅつ》していたようだ。

見るとも無しに契印を見つめていると、ふと一つの考えに思い至る。

「ねぇ。ルクスが怖《こわ》いのは、かつて契約獣を失ったように私が死んでしまうことよね？」

「あぁ、そうだ。俺に関《かか》わって不幸になったのは、なにも契約獣一体だけじゃない。かつて俺に仕えていた乳母《うば》も、大きな傷を負わされてしまっているんだ」

「その方や契約獣は、ルクスにとって友達や大切な存在であると同時に、自分の従者として守るべき存在だったのよね？　だからこそ、ルクスは強く責任を感じていたんでしょう？」

「仕えてくれるものに責任を持つのは、王族として当然のことだ」

「そう、やっぱりそういうことだったのね」

「おい、何を納得《なっとく》しているんだ？」

「予想が当たって良かったと思ったの。だって――――」

言葉の途中《とちゅう》で、リリーシャはごくりと唾《つば》を飲み込んだ。

次の言葉を口にすれば、ルクスとの関係は、決定的に変わってしまうだろう。

ルクスがリリーシャのことをうとみ、嫌ってしまう可能性もある。

(でも、それでも、ルクスをここでもう一度死なせるなんて、そんなの絶対に嫌)

リリーシャは決意すると、ルクスを見つめ口を開いた。

「だって私は、ルクスの主なんだから」

——紫水晶《アメジスト》の瞳と若葉色の瞳が交わる。

ルクスは驚《おどろ》きに目をみはりつつも、すぐさま疑問の声をあげた。

「何を言っているんだ？　町娘であるおまえが、王子のこの俺の主？」

「身分なんて関係ないわ。私とルクスの間には契約があり、揃《そろ》いの契印がある。この契約がある限り、私はルクスの主で、ルクスは私の従者よ」

「俺が、おまえの従者だと？」

「ええ、そうよ。私はルクスの従者でも契約獣でも無く、ルクスの主よ。——だから決して、ルクスを置いて死んだりしないわ」

「おまえは…………」

呆然《ぼうぜん》とこちらを見るルクスの手を、ぎゅっと強く握る。

自分は死なないと、そう信じて欲しくて信じてもらいたくて、じっとルクスを見つめる。

ルクスはリリーシャの顔と手を見つめていたが、やがて小さく唇《くちびる》を開いた。

「どうして、泣きだしそうな顔をしているんだ」

「私はルクスの主よ。泣いてなんか…………」

声が震えてしまい、唇を噛《か》む。

(弱いところを見せちゃ駄目。ルクスの主として、強くいなきゃいけないのに)

なのに満足に主としての演技も果たせず、ルクスに心配されてしまっている。

思わずうつむきかけると、頭の上に掌《てのひら》の感触《かんしょく》がのった。

「そんな必死な顔をされては、どちらが主かわかったものではないな」

柔《やわ》らかくルクスは言うと、リリーシャの頰《ほお》をつかみぐいと柔らかく引き伸《の》ばした。

「わ、ちょっ、何するのよ!?」

「こうすれば、涙《なみだ》も引っ込むだろう？」

「確かにそうだけどっ!!」

「主が表情を曇らせているんだ。ならばそれを癒《いや》してやるのが、従者である俺の役割だろう？」

「本当？　私を、主として認めてくれるの？」

ルクスを見上げ、問いかける。

すると頰から手を放したルクスが、澄《す》んだ眼差《まなざ》しで答えを返した。

「おまえは俺の主だ。俺は、おまえの剣であり盾《たて》になりたい」

ルクスは力を込めて言うと、一転してからかうような笑みを見せた。

「それに、あんな泣きそうな顔をされては仕方がないだろう？　せっかく俺が仕えてやるんだ。おまえはもう二度と情けない表情は見せるなよ」

「………ありがとう」

励《はげ》ましに応《こた》えようと、リリーシャは気丈《きじょう》に微笑《ほほえ》んだ。

ルクスと互《たが》いに見つめあっていると、左胸の契印《けいいん》が熱を帯びるのを感じた。

主従の関係を認め合い、その結びつきが強まったからだろうか。契印から発生した熱が心地《ここち》よく全身を満たし、未知の感覚をもたらした。

「これが契約相手と魂《たましい》を結びあうということ？」

「あぁ。俺の中におまえとの魔力《まりょく》の繋《つな》がりを感じる。そちらはどうだ？」

自身の内部に注意を傾《かたむ》ける。すると膨大《ぼうだい》な情報の洪水《こうずい》が、頭の中に流れ込んできた。

天井《てんじょう》の高い豪奢《ごうしゃ》な部屋、帝王《ていおう》学の記された書籍《しょせき》、冷ややかな眼差しの金髪《きんぱつ》の男性、にこにこと笑うフェリル、嬉《うれ》しそうに尾《お》を振《ふ》る犬形の契約獣《けいやくじゅう》——

意識を押し流すような奔流《ほんりゅう》に、たまらずよろめく。

ルクスの手を振り払《はら》って頭を押さえると、リリーシャの内部に静寂《せいじゃく》が戻《もど》ってきた。

「今のはいったい？」

頭に手を置いたまま呟《つぶや》くと、同じものを見ていたらしいルクスが推測を述べた。

「おまえに俺の記憶《きおく》が流れ込む感触があった。契約を結ぶと感情や能力を共有できるはずだから、これがその一端《いったん》なんだろうな」

「勝手に記憶を盗《ぬす》み見して、ごめんなさい」

「気にするな。直接触《ふ》れ合っていなければ起きない現象のようだから、問題ないだろう」

ルクスは言うと、額に指をあて目を瞑《つむ》った。

「それに一つ、試《ため》してみたいことがある。俺の手を握ってくれ」

「また記憶を見ちゃうかもしれないけど、いいの？」

「むしろそれが目的だ」

「そうなの？　じゃあ握るわね」

恐《おそ》る恐るルクスの手に触れると、たちまち膨大な情報が流れ込んでくる。

魔術陣《まじゅつじん》の構築理論、炎《ほのお》を生み出す呪文詠唱《じゅもんえいしょう》、総身で魔力を練り上げるその感覚――

「これ全部、魔術に関する知識？　それにこの感覚、まるで私が一人前の魔術師になったみたいで不思議だわ」

「よし、成功だ。やはり、こちらが強く思い浮《う》かべた知識や感覚が伝わりやすいようだな」

「すごい、そんなことも出来るのね」

「おまえだって出来るはずだ。おまえは主なんだから、その気になれば自由に俺の記憶を知ることが可能のはず。それこそ、俺が絶対に知られたくない恥《は》ずかしい思い出でもな」

「や、やらないわよそんなことっ‼」

ルクスの手を振りほどき、慌《あわ》てて否定する。そんなリリーシャの様子を見つつ、ルクスは何やら呟いている。しばらくするとその瞳《ひとみ》に、強い意志と知性の光が宿った。

「これなら、いけるかもしれない。伯爵《はくしゃく》を完璧《かんぺき》に押さえ込むことができるかもしれない」

「何かいい案でも思いついたの？」

「綱渡《つなわた》りだがな」

「私も出来る限り協力するわ」

「ありがたいが、その前に教えてくれ。おまえはテオのことをどう思っている？　あいつに殺されかけた今でも、あいつを助けたいと思えるか？」

「もちろんよ。ルクスの考えた作戦なら、テオのことも助けることが出来るの？」

「あぁ。だがこの策はおまえに危険な役割をさせることになる」

ルクスは僅《わず》かに腕《うで》を震《ふる》わせながら、しかしはっきりと言葉を続けた。

「本音を言えば、やはり怖い。けれど、それ以上に上手《うま》い作戦を、今の俺では考えることができない。おまえが傷つかないよう全力を尽《つ》くすが、どちらにせよおまえに負担を強《し》いることになる。それでもいいか？」

「えぇ、やるわ。ルクスの考えてくれた作戦なんだもの。主として恥ずかしくないよう、立派にやりとげてみせるわ」

決意と信頼《しんらい》をこめ言い切ると、ルクスが眩《まぶ》しいものを見るように目を細めた。

「おまえは優《やさ》しいな。ずっと囮《おとり》として騙《だま》していたのに、もう信用してくれているのか？」

「ルクスにも事情はあったし、私を傷つけるつもりは無かったんでしょう？」

「あぁ。言い訳になるが、囮として利用するからこそ、おまえに直接害が及《およ》ばないよう守るつもりだった。なのに怖《こわ》い思いをさせてしまって、本当にすまなかったな」

ルクスは頭を下げると、真摯《しんし》な声で決意を新たにした。

「だから今度こそ、絶対におまえを守ると誓《ちか》う。そのために俺の力を振るうのを、どうか許してほしいんだ」

切なくも熱を帯びたルクスの誓いに、心臓が早鐘《はやがね》を打つ。

わけもなく赤くなった顔を誤魔化すように、リリーシャは早口でまくしたてた。

「ゆ、許すもなにも、ルクスは私の従者なんだから何も問題ないわ。せっかくルクスが作戦を考えてくれたんだから、早く打ち合わせをしましょう!!」


打ち合わせの結果、リリーシャ達は伯爵に取り引きを持ち掛《か》けることにした。

『伯爵一味の犯罪の証拠《しょうこ》は、ルクスの屋敷《やしき》に保管してある。もしルクス達が戻らなければ、それをばら撒《ま》く手はずを整えてある。それが嫌《いや》なら、一時間後に五番街の広場に来るように』という文章で始まる手紙を、隠《かく》れていた廃屋《はいおく》に置いておく。

その後廃屋を去る際に、ルクスの魔術で光と音を発生させ、伯爵達が気づくよう仕向ける。

リリーシャはルクスに支えられ廃屋から距離《きょり》を取りつつ、手紙が読まれることを祈《いの》ったのだった。


夜明け前は、一日で一番闇《やみ》が濃《こ》くなる時間帯だ。

深く暗闇に沈《しず》んだ広場に、立て続けに丸い炎が灯《とも》る。

ルクスの魔術によって生み出された火の玉が上空へ昇《のぼ》り、周囲一帯に明かりを振りまく。

炎に照らされ、濃い影《かげ》を従えたリリーシャ達が待っていると、大勢の人間の足音が聞こえた。

(約束通り、ちゃんと伯爵本人も来てくれたみたいね)

広場の反対側の路地から、伯爵と手下たちが現れた。

伯爵の傍《かたわ》らには、先日の巨鳥とは違《ちが》った黒い山犬のような契約獣が控《ひか》えている。

手下たちの人数は、ざっと十数人といったところ。その中には硬《かた》い表情のテオもいる。強張《こわば》ったテオの視線の先を見ると、両腕《りょううで》を縛《しば》られ猿《さる》ぐつわを噛《か》まされた青年の姿があった。

(あの人がたぶん、誘拐《ゆうかい》されていたテオの主、クリストフォルさんね)

クリストフォルの脇《わき》には、抜《ぬ》き身の剣《けん》を携《たずさ》えた手下が脅《おど》すように陣取《じんど》っている。

(ルクスの予想が当たったみたいね。伯爵は先日の襲撃《しゅうげき》の失敗と、さっきのルクスとの戦闘《せんとう》で

たくさんの手下を失い、護衛が心もとないはず。だからこそテオを使うことにした）

テオは高位の契約獣では無いが、それでも契約獣だ。そこらのごろつきよりは強い。

（伯爵は今度はテオの主を連れてきた。主が剣を突《つ》きつけられている限り、テオは全力で伯爵を守るしかない）

卑劣《ひれつ》なやり口に腹が立つ。しかしそのおかげで、テオの主の居場所を把握《はあく》することが出来た。

リリーシャが状況《じようきよう》を分析《ぶんせき》していると、伯爵の咳払《せきばら》いが響《ひび》いた。

「そちらの要求通り、わし自ら来てやったんだ。早く取り引きを始めるぞ」

伯爵は苛立《いらだ》たし気に言うと、手下の一人へと目顔で指示を出した。

手下の男は懐《ふところ》から太い荒縄《あらなわ》を取り出すと、肩《かた》をいからせリリーシャ達へと近づいてくる。

リリーシャは間近に迫《せま》った男を観察しながら、その前に両腕を差し出した。

――先ほどの手紙で、リリーシャは伯爵達の下《もと》に行くと約束していた。

（ルクスは伯爵の罪をあばく準備を完了《かんりよう》しているけど、今は伯爵達に追い詰《つ》められている。逆に伯爵はルクスを殺すことは出来ても、悪行の証拠を握《にぎ》りつぶすことは出来ない）

このまま敵対していても、どちらにとっても最悪の結末が待っているだけ。

そこでルクスは伯爵の罪を見逃《みのが》すから、自分の安全を保障してくれと伝えた。

もちろん、ただの口約束では伯爵は信用してくれないだろう。だからこそルクスは、リリーシャを人質《ひとじち》として差し出すことを申し出たのだ。

(私が人質になっている限り、ルクスが王宮に戻《もど》っても、証拠を暴露《ばくろ》することはできない──

──伯爵はきっと、そう考えて取り引きに乗ったはず)

何重にも手首に縄《なわ》が巻き付けられ、縛《いまし》められていく。

縛り具合を確認《かくにん》した男は、リリーシャが武器を隠し持っていないか調べるため、ドレスの裾《すそ》へと手を伸《の》ばした。

「いや、やめてっ、触《さわ》らないで……」

弱弱しい声を出し、リリーシャは身をよじった。

そのままその場に座り込み、全身を細かく震わせ始める。

「おいおまえ何をしている、さっさと立ってあちらに行くぞ」

「あなたに肌《はだ》を触られるくらいなら、人質になんてならないわ」

「何を甘ったれたことを言っているんだ？　おまえ、自分の立場をわかっているのか？」

「わかっているわ。けど、私はただの小娘《こむすめ》よ？　腕を縛られて、それで何ができるっていうの？　武器を隠し持ってたとしても、使うことすら出来ないじゃない」

涙目《なみだめ》になって男を見上げる。

座り込んだまま怯《おび》えたフリをしていると、伯爵の声が聞こえた。

「しょうがない。身体検査などしなくていいから、さっさとこちらに連れてこい。手早く取り引きを終わらせる方が先決だ」

伯爵《はくしゃく》の口調には、勝利者の余裕《よゆう》とでもいうべきものが滲《にじ》んでいた。

リリーシャをこの場から連れ去れば、あとはその身柄《みがら》を好き放題できるのだ。ルクスに更《さら》なる脅しをかけ、裏から操《あやつ》ることだってできる。

そのことを当然リリーシャ達も理解していたが、あえて騙されてやることにする。

「よし、聞いていたな。伯爵さまがあぁ言ってくれているんだ。おまえも取り決め通り、さっさとこちらにこい」

リリーシャの背後に男がたち、低いうなり声をあげ威圧《いあつ》してきた。

追い立てられるように立ち上がり歩き出すと、捻挫《ねんざ》した右足が痛みを発する。叫《さけ》びたくなるがぐっとこらえ、弱みを見せないようにした。内心を見せないよう表情を保つのは、令嬢修《れいじょうしゅ》業《ぎょう》の基本だ。

(まさかこんな時に役立つことになるなんて、少し皮肉ね)

リリーシャはゆっくりと歩みを進め、伯爵達の下へとたどり着いた。

周囲を屈強《くっきょう》な伯爵の手下たちに囲まれ、身動きが取れなくなる。それを伯爵達が確認し、警《けい》戒心《かいしん》がわずかに緩《ゆる》む、その隙《すき》を、ルクスは決して逃《のが》さなかった。

「駆《か》けよ火花　赤く赤く　天駆ける星　弦《げん》は絞《しぼ》られ――――」

唐突《とうとつ》に始まる、切れ間ない詠唱《えいしょう》の声。

呪文《じゅもん》を聞いた伯爵が、信じられないと言った表情で叫んだ。

「極大の攻撃魔術《こうげきまじゅつ》⁉　そんなものを使えば、この娘ごと吹《ふ》き飛ぶぞ⁉」

「きゃっ⁉」

見せつけるように、伯爵がリリーシャの体を摑《つか》み引き寄せた。

しかしルクスは伯爵を冷ややかに見るだけ。詠唱を止めることは無い。

人質の無意味さを知った伯爵は、悪態をつき舌打ちをした。

「おのれっ、この小娘はこちらを油断させるための囮《おとり》だったか‼　止めろっ‼　早くあの王子を殺さないと、丸焼きにされてしまうぞ‼」

伯爵の叫びに、手下たちがルクスへと殺意を向けた。

剣や槍《やり》、それぞれの得物《えもの》を手に取り斬《き》りかかるも、ルクスは長剣で攻撃を捌《さば》きつつ、次々と呪文を読み上げていった。

（よし、今よっ‼）

今や伯爵の周りに陣取る手下は僅《わず》か。リリーシャに注意を払《はら》っている人間もいない。

伯爵から身をよじり、走り出す。右足の激痛によろめきながらも、テオの主《あるじ》の青年へと向かう。青年の横についていた手下がそれに気づき、リリーシャへと剣を振《ふ》り上げた。

「止まれ‼　これ以上近づくと切るぞ⁉」

「ニノっ、お願い‼」

「うおっ⁉」

手下の顔面へと、ドレスから飛び出したニノが飛びかかる。

　リリーシャが誘拐され気絶していた間も、ニノはずっと隠《ポケット》しの中で息を潜《ひそ》めていた。

　ニノが男の顔へと爪《つめ》をたて、小さな牙《きば》でかじりついている。

　その隙に、勢いよく青年へぶつかり突き飛ばす。青年と二人路上を転がり、手下の剣の間合いから逃れさった。

「テオっ!!　お願い!!」

「――――はいっ!!」

　ずっとこちらを――――主の姿を観察していたテオが、すぐさま応《いら》えを返す。

　テオが掌《てのひら》を地面につける。光と共に緑の蔓《つる》が伸びあがり、男を剣ごと拘束《こうそく》した。

「主様っ!!」

　駆け寄ってきたテオが、ひしと主の体を抱《だ》きしめ、縄と猿ぐつわを解《ほど》いていく。

(良かった。これでテオはこちらの味方ね)

　一安心だが、今は安堵《あんど》に浸《ひた》っている暇《ひま》は無い。

　耳に突《つ》き刺《さ》さる、怒号《どごう》と剣戟《けんげき》の音。

　ルクスは巨大攻撃魔術の詠唱を止《や》め、伯爵の手下たちと斬りあっていた。

「くそ!!　先ほどの詠唱こそが囮だったか!?　小娘を見捨てるつもりなど無かったのだな!!」

　憤怒《ふんぬ》に顔を歪《ゆが》めた伯爵が、護衛として侍《はべ》っていた山犬形の契約獣《けいやくじゅう》に叫んだ。

「その娘を捕《と》らえなおせっ!!」

「主様達には、指一本触らせませんっ!!」

テオが叫ぶと、その足元から何本もの蔓草が生まれ、山犬へと殺到《さっとう》した。

山犬は大きく地を蹴《け》って蔓草を飛び越《こ》えると、勢いのままにテオへと飛びかかった。

「くっ!!」

蔓を操ったテオが必死に応戦するが、元々戦闘《せんとう》は得意ではないのだろう。

山犬は爪と牙、そして小さな鬼火《おにび》を生み出し使役《しえき》し、着実にテオを追いつめていく。

痛ましいテオの姿に、主の青年、クリストフォルが立ち上がり飛び出そうとする。

慌《あわ》ててその服を掴むも、バランスを崩《くず》す。二人して路上へと倒《たお》れ込んだ。

「駄目《だめ》!!　あなたが行っても、テオが困るだけよ!!」

「ですが、それではテオがっ!!」

「私にまかせて!!」

リリーシャは宣言すると、自身の体の中へと意識を向けた。

(思い出して。全身を巡《めぐ》る魔力と、それを操るルクスのやり方を)

先ほどルクスから流れ込んできたのは、彼の知識や記《き》憶《おく》だけではない。

魔術を発動するための呪文の唱え方、魔力を扱《あつか》う感覚。

元々、契約獣の主である魔術師は、契約相手の能力の一部を共有することができるものだ。

今回リリーシャが共有し再現するのは、天才と謳《うた》われたルクスの魔術詠唱《えいしょう》。

ルクスから伝えられた感覚を元に魔力を練り上げ、呪文を唇《くちびる》へとのせる。

「見えざる腕《うで》　雲をはらう指先　無色の刃《やいば》たる吐息《といき》を　我に与《あた》え吹きよせよ‼」

体外へと魔力が抜《ぬ》け出す感覚と共に、強い風が吹き始める。

（やった、出来たわ‼）

初めての魔術の行使に、体内を高揚感《こうようかん》が駆け巡る。

生じた突風《とっぷう》は山犬を打ちすえると、大きくその体を吹き飛ばした。

「今よテオ、こっちに来て‼」

「はい‼」

返事と共にテオが隣《となり》へとやってくる。

リリーシャは息を吸うと、次なる詠唱を始めた。

「そそり立ち　直立し　壁《かべ》となるかりそめ　打ち砕《くだ》く平面　盾《たて》をここに‼」

結びの言葉と同時、リリーシャ達を取り囲むように、岩でできた壁が顕現《けんげん》する。

岩壁《がんぺき》は見上げるほどに高く、城壁のごとく分厚かった。

「くそっ、どういうことだ⁉　小娘《こむすめ》は魔術など使えないは――ひっ‼」

壁の向こう側から、ひきつった伯爵の声が響《ひび》く。

リリーシャが耳をそばだてていると、岩壁が上部から崩れ、光となって消え去っていく。

この魔術は堅牢《けんろう》な岩壁を生み出す代わりに、持続時間は短いようだった。

もう一度岩壁を作るため唇を開く。詠唱を始めようとすると、崩れ去る壁の向こう側の光景が見えた。

「おまえの負けだ、ゲルトルード伯爵。潔《いさぎよ》く降伏《こうふく》しろ」

ルクスが、伯爵の首元に剣《けん》を突きつけている。

周囲一帯に、武器を構えた手下の姿は無い。みな地面に横たわり気絶するか、逃《に》げ出してしまったようだ。山犬も四肢《しし》を投げ出し仰向《あおむ》けに倒れ込んでいる。

ルクスの全身はあちこち汚れ服が破れていたが、大きな怪我《けが》は無いらしい。ほっとして、ルクス達のやりとりに目を凝《こ》らす。伯爵が顔を真っ赤にし、ぶるぶると体を震《ふる》わせていた。

「この卑劣《ひれつ》漢がっ‼ 最初から、まともに取り引きするつもりなど無かったのだな⁉」

「それはお互《たが》い様だろう？ ここで死ぬか罪を認め罰《ばつ》を受けるか、おまえに選ばせてやる」

「わしを殺せば、どうなるかわかっているのか？」

「どうもならないさ。じきに証拠《しょうこ》も揃《そろ》い、おまえの罪は立証される。それにおまえは何度もリリーシャを傷つけようとしたんだ。見逃《みのが》せるわけないだろうが」

「ひっ」

苛烈《かれつ》なルクスの眼光に、伯爵がひきつれた悲鳴をあげる。

伯爵はルクスから目をそらすと、こちらへと顔を向けた。

「くそっ!! 何故《なぜ》こやつは、おまえのような平民に入れ込むのだ!? おまえさえいなければ、全《すべ》ては上手《うま》くいっていたんだ!! どんな手でこやつをたぶらかしたんだこのアバズ、がっ!!」

首筋を剣の腹で打たれ、伯爵《はくしゃく》が失神し倒れ込んだ。

ルクスは凍《い》てつく瞳《ひとみ》で伯爵を見下ろすと、リリーシャへ声をかけた。

「怪我は無いか?」

「足がまだ少し痛むけど、大丈夫《だいじょうぶ》だと思うわ」

「ならば俺が抱《かか》えてやる。じっとしていろよ」

「わっ!!」

背中に腕をまわされ、一息に体を持ち上げられる。

ルクスは壊《こわ》れ物を扱うように、優《やさ》しい手つきでリリーシャを抱き上げた。

(ま、まさかのお姫《ひめ》さま抱っこ再び!?)

前回のように投げられることはないだろうが、今は目の前にテオ達がいる。

恥《は》ずかしさに身もだえていると、ルクスがテオ達の方へと向き直った。

テオはルクスの視線を感じると、その場で深く深く頭を下げた。

「僕はどんな処分でも受けます。言い訳もできません」

「頭をあげろ。おまえを罰するつもりは無い」

「リリーシャさまを誘拐《ゆうかい》し、殿下《でんか》を殺そうとしました」

「その罪は、リリーシャの命を救ったことで帳消しだ」

「僕が、リリーシャさまの命を？」

「何をとぼけている？　おまえはリリーシャを誘拐し屋敷《やしき》から運び出した時、ドレスの中にいたニノに気付いていたんだろう？」

「………………」

「いくらニノが静かにしていたとはいえ、服を改めれば一発で気がつくはずだ。ニノのことを隠したのが発覚すれば、おまえの立場は悪くなっていただろう。それでもニノのことを伯爵に告げなかったのは、リリーシャの身を案じ、最後の希望を残してやりたかったからじゃないか？」

「買い被《かぶ》りですよ、殿下。あの時は慌ててリリーシャさまの身柄《みがら》を運んだんです。ニノの存在に気付いたのも、根城についてからのことでした。ニノを根城の外に出すことはできなかったですし、口封《くちふう》じに殺されるだけだったでしょうから見逃しただけです」

「だが結果的に、ニノのおかげで伯爵達のふいをつき、打ち負かすことが出来た。おまえのおかげで、俺とリリーシャの命は救われたんだ」

「殿下………」

「今回だけは特別だ。見逃してやるからありがたく思えよ」

「はい、ありがとうございます」

免罪《めんざい》の言葉に、改めてテオが礼をする。その隣で、テオの主《あるじ》である青年も頭を下げていた。

青年は眼鏡のつるを押し上げると、どこか間の抜けた表情で口を開いた。

「詳《くわ》しい事情はわかりませんが、テオの罪をお許しいただき、どうもありがとうございます」

「おまえから、旨《うま》い紅茶をとりあげるのは忍《しの》びないからな」

ルクスは言うと、首を右へと回した。

「あちらにある道をずっと進めば、守護兵の詰《つ》め所にたどり着くはずだ。動けるようなら、ひとっ走り応援《おうえん》を呼んできてくれないか？」

「承知いたしました。殿下のお名前を出しても問題ありませんか？」

「構わない。そちらの方が話がはやいだろうからな。ただし、リリーシャのことやここで見たことについて詳しく口外することは許さん。約束できるな？」

「殿下の仰《おお》せのままに。よしテオ、いくぞ」

「はい」

路地の暗がりへ、テオ達の背中が消えていった。

ルクスに抱《だ》きかかえられたまま取り残される。改めてその存在を意識し、顔が赤くなった。

「ねぇルクス、ここで待っているつもりなら、私をおろしてくれないかしら？」

「駄目だ。また足を痛めたらどうする」

「立つくらいは問題ないわ。それに私、重いでしょう？」

「そこのニノと同じくらいにはな」

「ちぃ?」

僕のこと呼んだ? と言うように、肩《かた》の上のニノが首を傾《かし》げる。

可愛《かわい》らしい仕草にほっこりとしていると、ルクスが言葉を続けた。

「おまえは、こうやって俺に抱かれていて不快か?」

「それはその、嫌《いや》ではないんだけど……」

「ならば、何も問題は無いだろう?」

満足げな笑《え》みを浮《う》かべ、ルクスがそっと囁《ささや》く。

その囁きがあんまりにも甘く優《やさ》しいものだから、何も言えなくなってしまう。

赤い顔を背けると、東の方の空が、うっすらと白んできたのに気がついた。

「綺麗《きれい》。夜があけたのね」

「あぁ、美しいな。今まで見た中で、一番美しい夜明けかもしれない」

満ち足りた穏《おだ》やかな様子で、ルクスがそっと目を細めた。

リリーシャも、不思議とルクスと同じ感想だ。

それを少しだけ嬉《うれ》しく思いながら、あけゆく空をじっと二人で見守ったのだった。

終章　誓いは恋か、契約か

昼下がりの陽光に、丸い緑の石がゆらゆらと影《かげ》を落として揺《ゆ》れた。

「結局、このペンダントについてくわしくは何もわからずじまいかぁ」

リリーシャは、自室の窓辺にペンダントをかざし呟《つぶや》いた。

伯爵達を捕《と》らえて五日目の今日、アルフが昏睡《こんすい》から回復し、ペンダントを返してくれたのだ。

その時の会話を、リリーシャはぼんやりと反芻《はんすう》した。

✦

「リリーシャ、その足はどうしたんです？」

アルフの寝室《しんしつ》に入るなり、足の不調を指摘《してき》され、リリーシャはギクリとした。

既《すで》に腫《は》れはほとんど治まり、歩行に支障は無い。だがさすがにいつも通りとはいかず、アルフの目は誤魔化《ごまか》せなかったようだ。

アルフは、寝台の上に体を横たえている。人形をとれる程度には回復したようだが、万全《ばんぜん》とはいかず、体がだるいのだろう。リリーシャはアルフの寝台へと近づき、端《はし》に腰《こし》かけた。

「その足の怪我《けが》は、転んだものですか？　それとも、誰《だれ》かに突《つ》き飛ばされて？」

「この足の怪我も含《ふく》めて説明したいんだけど、いいかしら？」

「えぇ、もちろんです。リリーシャに怪我を負わせた犯人がわかれば、目覚めの頭をスッキリさせる、いい運動ができますからね」

「………」

アルフの言う『運動』がどのような内容であるかは、深く考えないでおく。

リリーシャは頭の中の情報を整理しながら、ゆっくりと語り始めた。

「あのね、ルクスは後見人にあたる方から、ときおり表沙汰《おもてざた》に出来ない仕事を頼《たの》まれることがあったみたいなの。今回はどうやら、その任務に私も深く関《かか》わってしまったみたいで――」

ところどころつまり、記憶《きおく》を補完しながらも、アルフにことのあらましを説明する。

途中《とちゅう》、リリーシャらが男達に襲《おそ》われたということを聞いて静かに怒《いか》り狂《くる》うアルフをなだめつつ、自身の体験に推測を交えて話を進めていった。

「………と、いうことで、無事に伯爵の身柄も確保できて、事件は解決したの。ルクス達が伯爵一味から調べ上げた情報のおかげで、誘拐されていた契約獣《けいやくじゅう》や魔術師を助け出すことも出来たそうよ」

一通り語り終えて言葉を切ると、じっとアルフの顔色をうかがった。

アルフは、ルクスとリリーシャの契約が強まったと話したあたりから、考え込むように沈黙《ちんもく》を続けている。アルフの考えが、秘密にしているであろうことが、リリーシャにはとても気になった。

「ねぇアルフ。アルフは私とルクスの契約について、何か知っているのよね？」

「…………」

「アルフが、私のためを思って黙《だま》っていてくれるのはわかるの。でも、何も知らないままじゃルクスに申し訳なくて、顔も合わせられないわ」

「どうして、そこであの王子の名前が出てくるんですか？」

ルクスの名前を出したとたん、アルフの声が低くなった。

「ルクスを契約に巻き込み、主になったのは私よ。出来る限り、責任は果たしたいと思うわ」

「本当に、理由はそれだけですか？」

「それ以外に何かあるの？」

ルクスと契約を結んだのは偶然《ぐうぜん》だが、主として振《ふ》る舞《ま》うと決めたのはリリーシャだ。

不思議に思って問い返すと、アルフは顎《あご》に手を当て呟き始めた。

「これは、気付いていないだけか？　リリーシャは鈍《にぶ》いから……、いやでも、相手はあの性悪王子です。こちらの勘違《かんちが》いという線も…………」

「どうしたのよアルフ？　何を言っているのか、私には全然わからないわ」

「わからなくていいですし、問題ないです」

妙《みょう》にキッパリと言い切ると、アルフは上衣の隠し《ポケット》を探《さぐ》った。

「リリーシャ、こちらに来てください」

「ん、何？」

言う通り近づくと、アルフが上半身を起こし、リリーシャの首へと腕《うで》を回した。

うなじに触《ふ》れるひんやりとした鎖《くさり》と、胸元《むなもと》で揺れる緑の石。

「やはりこのペンダントは、リリーシャが身に着けてこそふさわしいですね」

「ありがとう。やっぱり、これが無いとおちつかないわね」

「これは、亡《な》きナターシャ様の形見ですから……」

アルフの声に切ない色が混ざり、沈黙した。

そのまま何もしゃべる気配の無いアルフへと、核心《かくしん》に迫《せま》る問いかけを発する。

「私はお母さんから、この石を肌身《はだみ》離《はな》さず持っているよう言われたわ。お母さんはこの石の、そして私の契約能力の秘密について、何か知っていたんじゃない？」

「……確かにナターシャ様は、リリーシャの能力について、勘《かん》づいている節がありました」

誤魔化すことはできないと観念したのか、アルフがゆっくりと話し始める。

アルフの蒼《あお》い瞳《ひとみ》が過去を彷徨《さまよ》い、もういない人の面影《おもかげ》を追っているのがわかった。

「ですが詳《くわ》しいことについては、いくど聞いても私には教えてはくれませんでした。深く知ってしまえば、それだけ危険が降りかかると、そう諭《さと》されたんです」

「そんなに、私の能力は危ないものなの？」

「希少な才能には、厄介《やっかい》ごとがつきまとうものです。私が知ることができたのは、リリーシャには契約獣以外と契約を結べる能力があり、契約相手に巨大《きょだい》な力を与《あた》えられる可能性がある、ということだけです」

「契約獣以外と契約を結ぶ力……」

「実際、リリーシャはあの王子と契約を交《か》わし、死の淵《ふち》からすくい上げました。そんなことが出来る人間は、この国中をひっくり返したっていませんよ」

アルフはリリーシャのペンダントに腕を伸《の》ばすと、先端《せんたん》部の石をつまんだ。

「この石を持っている間は、いくらかリリーシャの能力を抑《おさ》えられると聞いています。あの王子を召喚《しょうかん》した時も、傷を癒《いや》した時も、この石を手放していたでしょう？」

「だからこそアルフは危険を冒《おか》してまで、王宮にペンダントを届けに来てくれたのね？」

「そうです。もっとも、今更《いまさら》その石を身に着けたところで、あの王子との契約は解除できないようで残念ですが――――っ」

「大丈夫《だいじょうぶ》？」

ふらつくアルフの肩を、慌《あわ》ててリリーシャは支えた。

やはりまだ無理に力を使った反動が抜《ぬ》け切らず、疲《つか》れが残っているようだ。

アルフにしっかり休養をとるよう念を押すと、リリーシャは部屋から退出したのだった。


「お母さんは一体、何を知っていたんだろう……」

アルフとの会話を思い出したリリーシャは、物憂《ものう》げなため息をついた。

契約の謎《なぞ》に、ペンダントの正体、母親の思惑《おもわく》。

そしてそもそも、何故《なぜ》リリーシャがこんな特殊《とくしゅ》な力を持っているのか。考えても考えても答えが見えず、霧《きり》の中に放《ほう》り込まれたような気分になる。

生前の母親の言葉や振《ふ》る舞《ま》いを思い出し、何か手掛《てが》かりが無いかと考える。

しかしどれだけ思い出を反芻しても懐《なつ》かしさが溢《あふ》れるだけで、記憶の中の母親は何も答えてはくれなかった。

「あーもうっ、やめやめ!! こんなに悩《なや》むなんて、私らしくないわ」

パンパンと、気持ちを切《き》り替《か》えるようにして頬《ほお》を叩《たた》く。

答えの出ない問題を考え込んでいても、暗くなってしまうだけだ。

今できることをしようと、リリーシャは部屋の扉《とびら》に手をかけた。

(とりあえず今はルクスに会って、きちんと話をしないと)

伯爵《はくしゃく》を捕《と》らえた日以来、ルクスは連日応接間に客人を招き、後始末の打ち合わせに追われていた。この四日間でまともにルクスと話せたのは、片手の指が余るほど。激務の毎日のようだったが、今日の昼過ぎからは、誰も屋敷《やしき》を訪《おとず》れる予定は無かったはずだ。

リリーシャは扉を開けると、ルクスのいそうな場所を思い描《えが》いたのだった。


「あれ、ルクスの方から僕のところに来るなんて、珍《めずら》しいね」

リリーシャがルクスを探し始めた少し後。

ルクスの姿は、フェリルが昼寝《ひるね》場所と決め込んでいるサンルームの入り口にあった。

お気に入りの揺《ゆ》り椅子《いす》に座ったフェリルへと、ルクスが厳しい表情で足を進める。

「どうしたんだいルクス？　ついに僕に、愛の告白にきてくれたのかい？」

「違《ちが》う。むしろその逆だ」

「逆？」

とぼけた表情のフェリルに、ルクスは切りつけるように言葉を放った。

「おまえは何故、俺を裏切っていたんだ？」

「僕はルクスを愛しているし、味方だと思っているよ？」

「ほざけ。ならばどうしてテオに手を貸し、リリーシャの誘拐《ゆうかい》に協力した？」

「何を言ってるのかな？　リリーシャの誘拐計画を立てたのは、テオと伯爵達だよ？」

「首謀者《しゅぼうしゃ》が伯爵達であっても、あいつらだけで屋敷からリリーシャを連れ出すのは不可能だ。屋敷の警備体制をよく知った存在が、誘拐の手引きをしていたはずだ」

「それが僕？　何か証拠《しょうこ》はあるのかい？」

「物証は無いが、問題は誘拐の件だけでは無い。リリーシャから聞いたんだ。そもそも、リリーシャがテオと出会った王宮の中庭は、おまえがリリーシャに紹介《しょうかい》した場所だと聞いている。それに伯爵は、リリーシャが平民であると知っていた。この王宮でリリーシャの正体を知っているのは俺とおまえくらいだった。おまえが伯爵に教えたんだろう？」

「……ふーん、なんだ。もうそこまで知られちゃったんだ」

君にしては早かったねと、そう言ったフェリルの顔は、いつも通りの人を食ったような緩《ゆる》やかな笑いだ。ルクスはうっすらと寒気を感じながらも、淡々《たんたん》と詰問《きつもん》と追及《ついきゅう》を続けた。

「いつからだ？　何故俺のことを裏切った？　おまえのせいでリリーシャが死にかけて、それで何も感じなかったのか？」

「答えてもいいけど、一つ訂正《ていせい》してくれないかな？　僕はルクスを裏切ったんじゃない。僕の全《すべ》ては、ルクスを思っての行動だよ？」

「ふざけるのもいい加減にしろ」

「僕はいつだって真剣《しんけん》なんだけどなぁ。まぁいっか。まず一つ目。僕がテオに協力することにしたのは、君がリリーシャを王宮に連れてきた日のことだよ」

フェリルは言葉を切ると、じっとルクスを見つめた。

「あの日君は、テオの主《あるじ》の屋敷から、突然《とつぜん》姿を消しただろう？　それでテオは毒殺計画がバレたと思って、慌てて君の姿を探したんだ。テオは君の屋敷を見張るために、下手くそな待ち伏《ぶ》せをしていてね。あんまりにも気になったから、つい声をかけてみたんだ」

「それでおまえは言葉巧《たく》みにテオの企《たくら》みを聞き出し、それに協力することにしたと」

「テオはすごく必死で、主の命を救おうと懸命《けんめい》だったからね。あれほどまでに一途《いちず》に主を愛しているんだ。放っておいたらかわいそうだろう？」

「テオの主への思いは認めるが、それとは話は別だ。テオの望みは、俺の任務と敵対するものだったんだぞ？　おまえがあいつに協力すると言うことは、俺を陥《おとしい》れると言うことだ」

ルクスは瞳に苛烈《かれつ》な光を閃《ひらめ》かせ、フェリルの胸倉《むなぐら》をつかんだ。

「おまえは、自分が何をしたのかわかっているのか？」

「でもリリーシャが攫《さら》われたおかげで、テオの主を助けることが出来たろう？」

「…………」

一切《いっさい》悪びれる様子のないフェリルに、ルクスは深い脱力感《だつりょくかん》と嫌悪感《けんお》に苛《さいな》まれ手を離《はな》した。

「……おまえは俺を裏切りリリーシャを傷つけ、それで何がしたかったんだ？」

「何度も言ってるけど、全部はルクスのためだよ？　伯爵がリリーシャを平民と侮《あなど》ったおかげで、迂闊《うかつ》な行動を誘《さそ》い出すことが出来た。テオが動き回ってくれたおかげで、伯爵達の根城も判明したし、ほぼ完ぺきに近い形で、事件を解決することが出来ただろう？」

「それは結果論だ。おまえの目論見《もくろみ》が外れたら、リリーシャが死んだかもしれないんだぞ？」

「うん、でもそうなったら、それはそれで仕方ないと思ったんだ」

「仕方ないだと……………？」

ルクスの脳が理解を拒《こば》み、思考を停止した。

「伯爵達に殺されるなら、君はそれまでの人間だったたってこと。この陰謀渦巻《いんぼううずま》く王都を泳ぎ抜ける器量が無いなら、さっさと死んでしまった方が楽だろう？」

「…………」

「でも君は生き延び、事件を解決した。君は成長し、一回り大きくなったんだ。これでどっちに転んでも、君のためになるってわかっただろう？」

「……………つまりおまえの行動は、全て俺を鍛《きた》えるためだけのものだったのか？」

「そうだよ。君って魔術師《まじゅつし》として物凄《ものすご》い才能を持ってるのに、どうしようもなく甘々だからね。君さ、テオの裏切りについて、最後の最後まで気づいていなかったんだろう？」

「っつ」

図星を指《さ》され、ルクスは黙《だま》り込んだ。

フェリルはルクスの反応を観察すると、にっこりと気の抜けた笑《え》みを浮《う》かべた。

「僕個人としては、そういう甘さは嫌《きら》いじゃないよ。でも魔術師として、王子としての君に、その甘さは命取りだ。だから僕は愛する君に憎《にく》まれようと、君のためを思って行動したのさ」

「愛する俺のため、だと……？」

乾《かわ》いた笑みで、ルクスは吐《は》き捨てるように言った。

愛する誰《だれ》かのため行動したいと思う。それは主を慕《した》うテオのように、リリーシャを守るアルフのように、契約獣《けいやくじゅう》達が抱《いだ》く願いとして当然のものではあるのだが――

「おまえのそれは愛なんかじゃない!!　身勝手な理想を押し付けてるだけだ!!」

「いいや愛だよ。僕は君を――この国を更《さら》なる繁栄《はんえい》に導けるかもしれない君を、これ以上ないくらい愛しているんだよ？」

「黙れっ!!」

吐き気を抑《おさ》え、ルクスは叫《さけ》んだ。

ここまでの嫌悪感と、底知れない恐怖《きょうふ》を感じたのは初めてだ。

これ以上フェリルと話していては、こちらまでおかしくなってしまうかもしれない。

「この屋敷から出ていけ。おまえが伯爵達に加担した物証は無い以上、告発することはできないが、次は無いと思え。二度と俺の前に顔を見せるな」

「え～そんな～」

ぼやいたフェリルだったが、ルクスの本気を感じとったらしく、緩慢《かんまん》な動作で立ち上がる。

フェリルはサンルームの窓を開けると、正体の鳥の姿へと変化した。

「あ、そうだ。言い忘れてたけど、リリーシャが君を探していたよ」

「リリーシャが？」

「彼女も面白《おもしろ》い子だよね。君の本性を知っても歩み寄ってくるなんて、すごく興味が――

――」

風切り音と共に、フェリルの赤い羽根が舞《ま》い散る。

神速の抜剣《ばっけん》で羽根の先を切り飛ばしたルクスが、燃え盛る目でフェリルを射貫《いぬ》いた。

「もし、またリリーシャを傷つけてみろ。今度こそ、本気でおまえを殺しに行くぞ？」

「あれ？　今まで散々切りつけてきたのは本気じゃなかったんだ。やっさしー」

けらけらと笑うと、フェリルは真紅《しんく》の翼《つばさ》を広げた。

風を摑《つか》んで羽ばたき、高く屋敷の上空へと舞い上がる。

「ははっ、ルクスのあんな怖《こわ》い顔、初めて見たな」

機嫌《きげん》よく宙を旋回《せんかい》し、歓喜《かんき》の声で喉《のど》を震《ふる》わせる。

真紅の巨鳥は歌うように囀《さえず》り、空中で喜びの舞《まい》を踊《おど》った。

「天才魔術師にして妾腹《しょうふく》の王子に、死者を蘇生《そせい》し従える平民の魔術師。おまけに、昔馴染《むかしなじ》みの銀狼《ぎんろう》まで姿を現したんだ。こんな楽しいのはきっと、あの人が玉座にいた時以来だ」

フェリルが今までに主と認めたのは、ヴァルトシュタイン王国の初代国王だけだ。

しかしもしかしたら、ルクスが二人目となってくれるかもしれない。

ルクスは嫌《いや》がるだろうが、彼が玉座を望むことになれば、必ずフェリルの手をとるはずだ。

そう遠くない未来に訪《おとず》れるかもしれないその時を思い、フェリルは――かって至高の王に仕えた伝説の六騎英は、楽し気に嬉《うれ》し気に、美しい翼をはばたかせたのだった。


「ルクスったら、どこにいるのかしら……」

美しく整えられた庭を見ながら、リリーシャはぽつりと呟《つぶや》いた。

屋敷《やしき》中探し回ったが、結局ルクスの居場所はわからないままだ。

ひょっとして避《さ》けられているのかもと思うと、無理に探し出す気にもなれなかった。

諦《あきら》めたリリーシャは、庭に出てニノを遊ばせることにした。

生き生きとしたニノの姿を、ぼんやりと眺《なが》める。ニノは木々の間を走り回っていたが、ふいに動きを止めた。大きな耳を傾《かたむ》け庭の入り口の方を見、勢いよく駆《か》けだす。ニノが一直線に向かった先に、リリーシャの探し人の姿があった。

「ルクス！」

「ここにいたのか、探したぞ」

ルクスは芝生《しばふ》を踏《ふ》みしめ、ゆっくりとこちらに歩いてきた。

「あれ、ルクスも私のことを探してたの？」

「俺を探していると聞いたが、すれ違《ちが》いになっていたようだし来てやったんだ」

ルクスは言葉と共に、頭の上にのったニノを軽く撫《な》でた。

ニノはすっかりルクスに懐《なつ》き、甘えるようになっている。じゃれつくニノに、ルクスがくすぐったそうに声をあげかまい始めた。

（かわいい………）

愛らしいニノに、無邪気《むじゃき》な笑みのルクス。ほほえましい光景に頬《ほお》を緩《ゆる》めると、それに気づいたルクスが恥《は》ずかしそうに咳《せき》ばらいをし、慌《あわ》ててニノを地面へと下ろした。

「それでおまえは、何で俺を探していたんだ？　俺たちの契約について、何か新しく判明したことでもあったのか？」

「ごめんなさい。アルフに聞いてみたけど、契約については謎《なぞ》が増えただけだったわ……」

リリーシャがアルフとの話を説明すると、ルクスはじっと顎《あご》に手をあて沈黙《ちんもく》した。

（やっぱりルクスも不安よね………）

伯爵《はくしゃく》の事件は解決したが、結局契約については何もわからないに等しかった。

「ねぇルクス、大丈夫《だいじょうぶ》？」

「ん？　何がだ？」

「その、ルクスがもし契約や、自分が死んでいたことで悩《なや》んでるなら、私にも話してね？　何もできないかもしれないけど、でも――」

「あぁ、その点についてなら問題ないから心配するな」

「へ？」

拍子抜《ひようしぬ》けし、間抜けな声をあげてしまう。

ルクスは顎から手を離《はな》すと、こちらを見据《みす》えて話し始めた。

「俺はおまえを主《あるじ》だと認めたんだ。今更後悔《いまさらこうかい》するわけもない」

「それは嬉《うれ》しいけど、でも、ルクスに本当に悩みはないの？」

「そうだな、全く悩みが無いわけではないが……。おまえは、真冬に湖に落ちた人間が、氷のように冷たくなった状態から息を吹《ふ》き返したという話を知っているか？」

「はい？」

「では、雷《かみなり》にうたれて心臓が止まっていた男が、しばらく後に鼓動《こどう》を再開させたという話は？」

「それは知ってるけど、どうして今その話を？」

「……俺もな、彼らと同じだと考えることにしたんだ」

ルクスは言うと、そっとため息をつくように続けた。

「俺が一度死にかけたのは確かだが、その時本当に死んでいたのかどうか、真実は誰にもわからないことだろう？」

「ルクス…………」

「だから、おまえが俺を案ずることはない。おまえは瀕死《ひんし》の俺を救い、契約によって従者にしたんだ。ならばせいぜい、堂々と胸をはっていてもらわないと困る」

断言したルクスの言葉は、ただの強がりかもしれない。自分の死の事実が怖くない人間はいないはず。ルクスはリリーシャを不安にさせないため、きっと言葉を選んでくれたのだろう。

「……ええ、わかったわ。ルクスが死んでいないのなら、きっと契約を解除して、普通《ふつう》の人間に戻《もど》ることもできるはずだものね。ルクスの主として、私もそれまでは頑張《がんば》らないと」

答えつつ、リリーシャは少しだけ寂《さび》しさを感じた。

王子であるルクスのためにも、いつまでもリリーシャと契約を結んだままにさせるわけにはいかない。二人は本来交わるはずもない人間で、リリーシャは王宮に場違《ばち》がいだ。

(契約を解除したら、もうルクスと話すこともなくなるのよね……)

身分の差をあらためて意識すると、リリーシャはルクスへともう一つの用件を切り出した。

「ねぇルクス、私、これからのことについて一つ相談したいことがあるの」

「何だ？　言ってみろ」

「ルクスの恋人役《こいびと》を、もうやめたいと思うの」

「なんだと？」

ルクスの声が、不機嫌《ふきげん》そうに低くなる。

思いのほか剣呑《けんのん》な反応に戸惑《とまど》いつつも、リリーシャは言葉を続けた。

「契約がある限り、ルクスから離れられないのはわかっているわ。傍《そば》にいるために、侍女《じじょ》のふりでも何だってするから、どうか許してくれないかしら」

「……そこまでして、俺の恋人役をやめたいのか？」

「わがままを言ってごめんなさい」

「理由を言え。俺の恋人として扱《あつか》われるのが、耐《た》えられないほど嫌だったのか？」

「そんなことないわ!!」

まさかそんな誤解をされるとは思わず、リリーシャは強く否定した。

「ルクスのことは好きだし、一緒《いっしょ》にいて楽しいし、でも、その、楽しいと感じるからこそ、恋人役を続けるのは駄目《だめ》というか……」

「どういうことだ？　俺といて不快でないなら、なんら問題はないだろう？」

ルクスは相変わらず眉根《まゆね》を寄せていたが、いくぶん声が和《やわ》らいでいる。

答えを催促《さいそく》され、リリーシャは諦めてその名前を口にした。

「……クリスティーナさんよ」

「クリスティーナ？」

「彼女は、ルクスの大切な存在でしょう？　それなのに、私がルクスの恋人を名乗るのは申し訳ないし、胸がもやもやするの」

クリスティーナと口にすると、心臓が締《し》め付けられるような痛みがする。

この痛みはきっと、彼女に対するリリーシャの罪悪感だ。

「クリスティーナさんもきっと、私のことを快く思ってないわ。だから早く、この偽《にせ》の恋人関係を破棄《はき》したいと思うの」

「ちょっと待て、おまえはクリスティーナのことを何だと思っているんだ？」

「何って、ルクスの秘密の恋人でしょう？　この前ニノを抱《だ》いて寝《ね》ていた時に、すごく切なそうに名前を呼んでいたじゃない」

あの時のことを思い出し、胸の痛みが強くなる。

顔をうつむけると、ルクスが納得《なっとく》したような声をだした。

「なるほど、そのせいでおまえは勘違《かんちが》いしたんだな。――クリスティーナは、昔俺が可愛《かわい》がっていた犬形の契約獣《けいやくじゅう》につけた名前だ」

「へっ？」

目が点になる。

驚《おどろ》くリリーシャを前に、ルクスが小刻みに肩《かた》を揺《ゆ》らし笑い始めた。

「くくっ、おまえはクリスティーナを恋人だと勘違いして、それで嫉妬《しっと》していたのか」

「ち、違うわよ。嫉妬じゃないし、なんで笑いだすのよ⁉」

「悪いな。つい安心して、気が緩んでしまったようだ」

くつくつと笑い続けるルクスに、リリーシャはガックリとうなだれた。

（恥ずかしいっ‼　勝手に思い悩んで、完璧《かんぺき》に私の思いちがいじゃない‼　誰《だれ》か私を埋《う》めてっ‼）

赤面した顔を見られないよう、両腕《りょううで》で頭を抱《かか》え込む。

するとつむじの上にルクスの掌《てのひら》をのせられ、わしゃわしゃと撫でまわされた。

「いきなり何するのよ？」

「クリスティーナに嫉妬していたんだろう？　それならば、あいつにしていたように可愛がってやろうと思ってな」

「そんな愛情はいらないわよ‼」

からかわれていたと知り、ルクスの手から頭を引き離す。

ルクスは名残惜《なごりお》し気に自身の手を見て、ふっと小ばかにしたような笑みを浮《う》かべた。

「せっかく撫で心地《ごこち》が良かったのに、もったいないな」

「だからって勝手に撫でないでよ」

「俺が撫でたいんだから、思う存分撫でて愛《め》でさせろ」

「嫌《いや》よ‼　というか、私は一応ルクスの主よ？　どこの国に、気安く主の頭を撫でまわす人間がいるのよ!!」

売り言葉に買い言葉と叫《さけ》ぶと、ルクスの瞳《ひとみ》が面白《おもしろ》げに細められた。

どんな反撃《はんげき》がくるかと身構えていると、すっとルクスがしゃがみこんだ。

(今度はいったい、何をするつもりなのよ?)

目の前に、黒髪《くろかみ》をうつむけ跪《ひざまず》いたルクスの姿がある。

ルクスは片膝《かたひざ》を地面につけた体勢のまま、リリーシャの右手を手に取った。

右手にルクスの顔が近づき――そっと唇《くちびる》が落とされた。

「なっ?」

手の甲《こう》に触《ふ》れる熱く柔《やわ》らかな感触《かんしょく》に、リリーシャの思考が停止する。

そのまま固まっていると、見上げてくるルクスの、真剣《しんけん》な紫《むらさき》の瞳と目が合った。

「俺、ルクシオン・ディ・ヴァルトシュタインは、主《あるじ》であるリリーシャを守るため、この身を捧《ささ》げると誓《ちか》います――なんてな」

「へ?」

ルクスがしゃべるたび、唇が手の甲をかすめ、吐息《といき》が肌《はだ》をざわめかせる。

くすぐったくて、恥《は》ずかしくて、でも不快ではなくて。

正体不明の衝撃《しょうげき》によろめくと、ルクスが艶《つや》めいた笑みを浮かべた。

「主として敬えと言うから、こちらもそれらしく、騎士《きし》の真似事《まねごと》をして忠誠を誓ってみたんだ

が、お気に召《め》さなかったかな？　それとも、誓いの口づけが一度では足りないのか？」

言葉と共に、再び唇が触れる。

右手から甘い痺《しび》れが広がるようで、リリーシャは慌《あわ》てて手を引き抜《ぬ》いた。

（し、心臓に悪いわねっ!!）

悪ふざけだとわかってなお、胸の鼓動《こどう》は走り続けたままだ。

ルクスはそんなリリーシャの反応を楽しんでいたが、やがて表情を真剣なものへと変えた。

「今のは冗談《じょうだん》だが、俺がおまえを思う気持ち、守りたいと思う気持ちは本物だ」

ルクスがあらためてリリーシャの手を取り、愛《いと》おしそうに握《にぎ》りこんだ。

「おまえは俺の光だ。俺の命も、弱い心も、おまえがいたから救われたんだ」

「ルクス………」

「何が有ろうとも、おまえを必ず守り抜く。だからおまえも、どうか俺のことを信じてくれ」

情熱を秘《ひ》めたルクスの瞳が、リリーシャを射貫《いぬ》くように見上げる。

リリーシャにはまだ、その瞳と言葉に込められた想《おも》いの全《すべ》ては理解できなかったのだが——

——確かにその瞬間《しゅんかん》、運命の歯車が時を進める音を、胸の鼓動に聞いたのだった。

あとがき

初めまして、秋月《あきづき》かなでと申します。

このたびは「使い魔王子の主《あるじ》さま」をお手に取っていただき、誠《まこと》にありがとうございます!!

本作は第十三回ビーンズ小説大賞を受賞した小説を改稿《かいこう》した作品です。編集様との打ち合わせなど初めての体験ばかりでしたが、なんとか形にすることができました。

作中には魔術師《まじゅつし》、城、ドレス、身分違《ちが》いの恋《こい》、狼《おおかみ》や鳥といった私の大好きな要素をちりばめてありますので、読者の皆様《みなさま》にも楽しんでいただけたら幸いです。

この作品が書店に並ぶまでには、たくさんの方々のご助力があります。審査員《しんさ》の先生方に、校正様や印刷所、書店の方々。未熟な私を二人三脚《ににんさんきゃく》で支えてくださった編集様には、どれほど感謝してもしきれません。イラストレーターの双葉《ふたば》様も、お忙《いそが》しい中イラストを引き受けていただきありがたかったです。

そして最後に、この本を読んでくださった皆様に心よりのお礼を。

皆様の心に届く作品を書けるよう頑張《がんば》りますので、またお会いできる日をお待ちしています。

秋月かなで

「使い魔王子の主さま　恋と契約は突然に」の感想をお寄せください。
おたよりのあて先
〒102-8078　東京都千代田区富士見1-8-19
株式会社KADOKAWA　角川ビーンズ文庫編集部気付
「秋月かなで」先生・「双葉はづき」先生
また、編集部へのご意見ご希望は、同じ住所で「ビーンズ文庫編集部」
までお寄せください。

使《つか》い魔王子《まおうじ》の主《あるじ》さま　恋《こい》と契約《けいやく》は突然《とつぜん》に
秋月《あきづき》かなで

角川ビーンズ文庫　BB119-1　19697

平成28年4月1日　初版発行

発行者———三坂泰二
発　行———株式会社KADOKAWA
〒102-8177　東京都千代田区富士見2-13-3
電話 0570-002-301（カスタマーサポート・ナビダイヤル）
受付時間 9:00～17:00（土日 祝日 年末年始を除く）
http://www.kadokawa.co.jp/
印刷所———旭印刷　製本所———BBC
装幀者———micro fish

落丁・乱丁本は、送料小社負担にて、お取り替えいたします。KADOKAWA読者係までご連絡ください。（古書店で購入したものについては、お取り替えできません）
電話 049-259-1100（9：00～17：00/土日、祝日、年末年始を除く）
〒354-0041　埼玉県入間郡三芳町藤久保550-1

ISBN978-4-04-103962-5 C0193 定価はカバーに明記してあります。

ようこそ仙界《せんかい》！
嫁ぎ先は仙界!?
小野はるか
イラスト／くまの柚子
〈好評既刊〉
①なりたて舞姫と恋神楽
②飛べない舞姫と月影の告白
奉公先で良家の旦那様に見初められた少女あおい。だが、花嫁を迎えに来たという青年から崖に突き落とされ、目が覚めるとそこは仙界で!?

第13回ビーンズ小説大賞〈読者賞〉受賞の王道和風ラブ・ファンタジー！

●角川ビーンズ文庫●

16回
角川ビーンズ小説大賞
原稿募集中！
Web投稿
受付
はじめました！
ここが「作家」の第一歩！
賞金 大賞100万円
優秀賞30万
奨励賞20万　読者賞10万
締切 郵送▶2017年3月31日（当日消印有効）
WEB▶2017年3月31日（23:59まで）
発表 2017年9月発表（予定）
審査員 ビーンズ文庫編集部
応募の詳細はビーンズ文庫公式HPで随時お知らせします。
http://www.kadokawa.co.jp/beans/
イラスト／宮城とおこ